读给孩子的故乡与童年

老 舍 与 北 京

老舍 著
李怡 主编

朝華出版社
BLOSSOM PRESS

总序：我们生命的原乡

原乡，就是指我们祖先居住的、未曾迁移过的地方。事实上，今天的人们已经不大可能"未曾迁移"，要么是随我们最近的父辈，要么就是我们自己——其实，从小到大，我们总是在迁徙，出生、读书、工作……几乎没有人能够较长时间地停留在我们出生的土地上。这是时代匆匆的步伐，这是命运云谲波诡的节奏，这是自我主动被动的选择。

所以，"原乡"的意义对每个人都十分重要。所以，"故乡"的影像、"童年"的记忆总是那么亲切，那么意味深长，那么值得"美化"。所以，在这个工业化、商业化不断发展的时代，"乡愁"也愈加深沉、醇厚起来。

然而，乡愁究竟是什么呢？是简单的"怀旧"吗？是对现实的拒绝吗？是小资的抒情吗？或许，连我们自己也说不清、道不明吧。那么，我们不妨回望那些现当代文学史上的智者，看看类似的体验如何流转于他们的内心，又如何释放为生动的抒怀。

乡愁是什么？或许对李劼人来说，就是武侯祠那里的一份豆花、一碗抄手；对老舍来说，只是一句要说而说不出的"我真爱北平"；对沈从文来说，则是"用鸡笼去罩捕水田中的肥大鲤鱼鲫鱼"，"抽稻草心织小篓小篮，剥桐木皮作卷筒哨子，用小竹子作唢呐"；在萧红那里，乡愁是"祖父戴一个大草帽，我戴一个小草帽，祖父栽花，我就栽花，祖父拔草，我就拔草"；在汪曾祺那里，乡愁许是"我对异乡人称道高邮鸭蛋，是不大高兴的，好像我们那穷地方就出鸭蛋似的！不过高邮的咸鸭蛋，确实是好"；在赵丽宏的回忆中，乡愁是崇明岛的芦苇与小螃蟹，是南京路上的照相馆，也是香山路上的那片梧桐树……

　　同样是故乡，同样是童年，却如此异彩纷呈，其实每个人都有自己独特的"原乡"形态，此原乡与彼原乡，绝不只是时间与空间的差异，更是精神结构、精神追求的分歧。更重要的可能还在于，在这些饱经风霜的文学智者那里，所谓"乡愁"并不是我们想象的清浅单一的怀旧，其中充满了思索，凝聚着沉痛，渗透的是理性的反思与批判。这样的回味，这样的抒情，真的沉甸甸！当然，也有深情的纠缠，但纠缠的却已经不是一己的私欲，而是那种博大厚实的文化情怀与生命意识。

　　"读给孩子的故乡与童年"丛书，是对现当代作家的故乡与童年的巡礼，是对"望得见山、看得见水、记得住乡愁"的诠释。它以现当代作家关于故乡与童年的小说、散文为基础，围绕"逝去的故乡"与"大师的童年"选篇择目，以入选的各篇目的初版面貌为底本，用心编辑。为了保留作品的原汁原味，对与当前编校规范不相符，但体现了当时语言风格和作者遣词造句偏好的一些地方，如"的、地、得"不分、"做"和"作"不分、"那"和"哪"不分、"么"和"吗"不分、"分"和"份"不分、"玩"和"顽"不分、"什么"写作"甚么"、"合适"写作"合式"、"玩意"写作"玩艺"等，未作修改。丛书紧扣新课标中小学语文的学习目标予以释读、指导，撰写导读文字的都是高校的青年博士，他们悉心解读，所撰写的细腻、隽永的文字，引导我们步入精神的原乡，值得我们珍藏。

李　怡
2017年10月于北京师范大学励耘居

自序：小型的复活

"二十三，罗成关。"

二十三岁那一年的确是我的一关，几乎没有闯过去。

从生理上，心理上，和什么什么理上看，这句俗语确是个值得注意的警告。据一位学病理学的朋友告诉我：从十八到二十五岁这一段，最应当注意抵抗肺痨。事实上，不少人在二十三岁左右正忙着大学毕业考试，同时眼睛溜着毕业即失业那个鬼影儿；两气夹攻，身体上精神上都难悠悠自得，肺病自不会不乘虚而入。

放下大学生不提，一般的来说，过了二十一岁，自然要开始收起小孩子气而想变成个大人了；有好些二十二三岁的小伙子留下小胡子玩玩，过一两星期再剃了去，即是一证。在这期间，事情得意呢，便免不得要尝尝一向认为是禁果的那些玩艺儿；既不再自居为小孩子，就该老声老气的干些老人们所玩的风流事儿了。钱是自己挣的，不花出去岂不心中闹得慌。吃烟喝酒，与穿上绸子裤褂，还都是小事；嫖嫖赌赌，才真够得上大人味儿。要是事情不得意呢，抑郁牢骚，此其时也，亦能损及健康。老实一点的人儿，即使事情得意，而又不肯瞎闹，也总会想到找个女郎，过过恋爱生活，虽然老实，到底年轻沉不住气，遇上以恋爱为游戏的女子，结婚是一堆痛苦，失恋便许自杀。反之，天下有欠太平，顾不及来想自己，杀身成仁不甘落后，战场上的血多是这般人身上的。

可惜没有一套统计表来帮忙，我只好说就我个人的观察，这个"罗成关论"是可以立得住的。就近取譬，我至少可以抬出自己作证，虽说不上什么"科学的",但到底也不失"有这么一回"的价值。

二十三岁那年,我自己的事情,以报酬来讲,不算十分的坏。每月我可以拿到一百多块钱。十六七年前的一百块是可以当现在二百块用的;那时候还能花十五个小铜子就吃顿饱饭。我记得:一份肉丝炒三个油撕火烧,一碗馄饨带沃两个鸡子,不过是十一二个铜子就可以开付;要是预备好十五枚作饭费,那就颇可以弄一壶白干儿喝喝了。

自然那时候的中交钞票是一块当作几角用的,而月月的薪水永远不能一次拿到,于是化整为零与化圆为角的办法使我往往须当一两票当才能过得去。若是痛痛快快的发钱,而钱又是一律现洋,我想我或者早已成个"阔老"了。

无论怎么说吧,一百多圆的薪水总没教我遇到极大的困难;当了当再赎出来,正合"裕民富国"之道,我也就不悦不怨。每逢拿到几成薪水,我便回家给母亲送一点钱去。由家里出来,我总感到世界上非常的空寂,非掏出点钱去不能把自己快乐的与世界上的某个角落发生关系。于是我去看戏,逛公园,喝酒,买"大喜"烟吃。因为看戏有了瘾,我更进一步去和友人们学几句,赶到酒酣耳热的时节,我也能喊两嗓子;好歹不管,喊喊总是痛快的。酒量不大,而颇好喝,凑上二三知己,便要上几斤;喝到大家都舌短的时候,才正爱说话,说得爽快亲热,真露出点燕赵多慷慨悲歌之士的气概来。这的确值得记住的。喝醉归来,有时候把钱包手绢一齐交给洋车夫给保存着,第二日醒过来,于伤心中仍略有豪放不羁之感。

也学会了打牌。到如今我醒悟过来,我永远成不了牌油子。我不肯费心去算计,而完全浪漫的把胜负交与运气。我不看"地"上的牌,也不看上下家放的张儿,我只想象的希望来了好张子便成了清一色或是大三元。结果是回回一败涂地。认识了这一个缺欠以后,对牌便没有多大瘾了,打不打都可以;可是,在那时候我决不承认自己的牌臭,只要有人张罗,我便坐下了。

我想不起一件事比打牌更有害处的。喝多了酒可以受伤，但是刚醉过了，谁者不会马上再去饮，除非是借酒自杀的。打牌可就不然了，明知有害，还要往下干，有一个人说"再接着来"，谁便也舍不得走。在这时候，人好像已被那些小块块们给迷住，冷热饥饱都不去管，把一切卫生常识全抛在一边。越打越多吃烟喝茶，越输越往上撞火。鸡鸣了，手心发热，脑子发晕，可是谁也不肯不舍命陪君子。打一通夜的麻雀，我深信，比害一场小病的损失还要大得多。但是，年轻气盛，谁管这一套呢！

我只是不嫖。无论是多么好的朋友拉我去，我没有答应过一回。我好像是保留着这么一点，以便自解自慰；什么我都可以点头，就是不能再往"那里"去；只有这样，当清夜扪心自问的时候才不至于把自己整个的放在荒唐鬼之群里边去。

可是，烟，酒，麻雀，已足使我瘦弱，痰中往往带着点血！

那时候，婚姻自由的理论刚刚被青年们认为是救世的福音，而母亲暗中给我定了亲事。为退婚，我着了很大的急。既要非作个新人物不可，又恐太伤了母亲的心，左右为难，心就绕成了一个小疙瘩。婚约到底是废除了，可是我得到了很重的病。

病的初起，我只觉得混身发僵。洗澡，不出汗；满街去跑，不出汗。我知道要不妙。两三天下去，我服了一些成药，无效。夜间，我作了个怪梦，梦见我仿佛是已死去，可是清清楚楚的听见大家的哭声。第二天清晨，我回了家，到家便起不来了。

"先生"是位太医院的，给我下得什么药，我不晓得，我已昏迷不醒，不晓得要药方来看。等我又能下了地，我的头发已全体与我脱离关系，头光得像个磁球。半年以后，我还不敢对人脱帽，帽下空空如也。

经过这一场病，我开始检讨自己：那些嗜好必须戒除，从此要格外小心，这不是玩的！

可是，到底为什么要学这些恶嗜好呢？啊，原来是因为月间有百十块的进项,而工作又十分清闲。那么,打算要不去胡闹,必定先有些正经事作;清闲而报酬优的事情只能毁了自己。

恰巧,这时候我的上司申斥了我一顿。我便辞了差。有的人说我太负气,有的人说我被迫不能不辞职,我都不去管。我去找了个教书的地方,一月挣五十块钱。在金钱上,不用说,我受了很大的损失;在劳力上自然也要多受好多的累。可是,我很快活;我又摸着了书本,一天到晚接触的都是可爱的学生们。除了还吸烟,我把别的嗜好全自自然然的放下了。挣的钱少,作的事多,不肯花钱,也没闲工夫去花。一气便是半年,我没吃醉过一回,没摸过一次牌。累了,在校园转一转,或到运动场外看学生们打球,我的活动完全在学校里,心整,生活有规律;设若再能把烟卷扔下,而多上几次礼拜堂,我颇可以成个清教徒了。

想起来,我能活到现在,而且生活老多少有些规律,差不多全是那一"关"的劳;自然,那回要是没能走过来,可就似乎有些不妥了。"二十三,罗成关"是个值得注意的警告!

一九三八年

目录

1	第一辑
3	想北平
6	北京的春节
11	新年醉话
13	大发议论
18	抬头见喜
21	夏初的北平
24	北平的夏天
27	避暑
30	北平之秋
32	兔儿爷
34	习惯
37	小动物们
42	小动物们（鸽）续
48	猫
51	母鸡
53	养花
55	我的"话"

60 "住"的梦
63 西红柿

第二辑
67 宗月大师
72 我的母亲
77 买彩票
79 有声电影
82 我的理想家庭
86 有了小孩以后
90 文艺副产品
95 当幽默变成油抹

第三辑
101 老字号
107 断魂枪
115 正红旗下

178 故乡风物

第一辑

- 想北平
- 北京的春节
- 新年醉话
- 大发议论

……

导读

简单的美好

四川大学文学博士　丁晓妮

老舍生在北京，长在北京，他是真的爱北京这座城。在这一辑里，老舍以他朴素而恰如其分的笔触，描述了北京城里的风物景致，每一处都令人神往，每个细节都叫人心动。

在《想北平》中，他写道："面向着积水潭，背后是城墙……我可以快乐的坐一天，心中完全安适，无所求也无可怕，像小儿安睡在摇篮里。"这段文字最能说明老舍与这座城的感情，字眼里是依恋、温暖、安全，像孩子想望着慈爱的母亲。

当老舍想念这座城的时候，他的思绪在长着老酸枣的城墙边、中山公园的老柏树下、北海的绿柳荫莲塘里、西山北山运来的丰盛的果菜摊子上，无处不在的是轻倩愉悦的记忆（《想北平》）；写到人情冷暖，喝醉酒后嬉笑怒骂的凡俗生活，字里行间透着有趣儿（《新年醉话》）；偶尔，遇到不喜欢的人或事，他也会忍不住讽刺一下，比如对"暑本无须避，而面子不能不圆"的人们，讽刺之后，依旧是莞尔（《避暑》）；面对"兔儿爷"，联想到那些投靠日本的高等汉奸，"跪下很方便"的膝盖，是正色的批评，却并不说大道理，而是平实切近（《兔儿爷》）；也有凄凉的时刻，中学时期母子二人过旧历节的冷清，母亲独自对了一支红烛坐着的情景，从容的淡淡的叙说，让那一丝忧郁沁到人心里去（《抬头见喜》）。

读老舍的散文，特别是那些写生活点滴的文字，让人内心熨帖。老舍是特别爱生活的，他不喜欢口号说教，也不偏好沉重纠结，他喜欢的是最简单的日常生活。穿过日常生活的琐碎重复，发现简单中的美好，并把这美好用生动鲜活的文字展示给读者。读者看了，往往会恍然：呀！原来生活这么有味儿！这就是老舍。

想北平

设若让我写一本小说,以北平作背景,我不至于害怕,因为我可以捡着我知道的写,而躲开我所不知道的。让我单摆浮搁的讲一套北平,我没办法。北平的地方那么大,事情那么多,我知道的真觉太少了,虽然我生在那里,一直到廿七岁才离开。以名胜说,我没到过陶然亭,这多可笑!以此类推,我所知道的那点只是"我的北平",而我的北平大概等于牛的一毛。

可是,我真爱北平。这个爱几乎是要说而说不出的。我爱我的母亲。怎样爱?我说不出。在我想作一件事讨她老人家喜欢的时候,我独自微微的笑着;在我想到她的健康而不放心的时候,我欲落泪。言语是不够表现我的心情的,只有独自微笑或落泪才足以把内心揭露在外面一些来。我之爱北平也近乎这个。夸奖这个古城的某一点是容易的,可是那就把北平看得太小了。我所爱的北平不是枝枝节节的一些什么,而是整个儿与我的心灵相粘合的一段历史,一大块地方,多少风景名胜,从雨后什刹海的蜻蜓一直到我梦里的玉泉山的塔影,都积凑到一块,每一小的事件中有个我,我的每一思念中有个北平,这只有说不出而已。

真愿成为诗人,把一切好听好看的字都浸在自己的心血里,像杜鹃似的啼出北平的俊伟。啊!我不是诗人!我将永远道不出我的爱,一种像由音乐与图画所引起的爱。这不但是辜负了北平,也对不住我自己,因为我的最初的知识与印象都得自北平,它是在我的血里,我的性格与脾气里有许多地方是这古城所赐给的。我不能爱上海与天津,因为我心中有个北平。可是我说不出来!

伦敦,巴黎,罗马与堪司坦丁堡①,曾被称为欧洲的四大"历史的都城"。我知道一些伦敦的情形;巴黎与罗马只是到过而已;堪司坦丁

---

① 堪司坦丁堡:通译君士坦丁堡,即土耳其的伊斯坦布尔。

堡根本没有去过。就伦敦，巴黎，罗马来说，巴黎更近似北平——虽然"近似"两字要拉扯得很远——不过，假使让我"家住巴黎"，我一定会和没有家一样的感到寂苦。巴黎，据我看，还太热闹。自然，那里也有空旷静寂的地方，可是又未免太旷；不像北平那样既复杂而又有个边际，使我能摸着——那长着红酸枣的老城墙！面向着积水潭，背后是城墙，坐在石上看水中的小蝌蚪或苇叶上的嫩蜻蜓，我可以快乐的坐一天，心中完全安适，无所求也无可怕，像小儿安睡在摇篮里。是的，北平也有热闹的地方，但是它和太极拳相似，动中有静。巴黎有许多地方使人疲乏，所以咖啡与酒是必要的，以便刺激；在北平，有温和的香片茶就够了。

论说巴黎的布置已比伦敦罗马匀调的多了，可是比上北平还差点事儿。北平在人为之中显出自然，几乎是什么地方既不挤得慌，又不太僻静：最小的胡同里的房子也有院子与树；最空旷的地方也离买卖街与住宅区不远。这种分配法可以算——在我的经验中——天下第一了。北平的好处不在处处设备得完全，而在它处处有空儿，可以使人自由的喘气；不在有好些美丽的建筑，而在建筑的四围都有空闲的地方，使它们成为美景。每一个城楼，每一个牌楼，都可以从老远就看见。况且在街上还可以看见北山与西山呢！

好学的，爱古物的，人们自然喜欢北平，因为这里书多古物多。我不好学，也没钱买古物。对于物质上，我却喜爱北平的花多菜多果子多。花草是种费钱的玩艺，可是此地的"草花儿"很便宜，而且家家有院子，可以花不多的钱而种一院子花，即使算不了什么，可是到底可爱呀。墙上的牵牛，墙根的靠山竹与草茉莉，是多么省钱省事而也足以招来蝴蝶呀！至于青菜，白菜，扁豆，毛豆角，黄瓜，菠菜等等，大多数是直接由城外担来而送到家门口的。雨后，韭菜叶上还往往带着雨时溅起的泥点。青菜摊子上的红红绿绿几乎有诗似的美丽。果子有不少是由西山与北山来的，西山的沙果，海棠，北山的黑枣，柿子，进了城还带

着一层白霜儿呀！哼，美国的橘子包着纸；遇到北平的带霜儿的玉李，还不愧杀！

是的，北平是个都城，而能有好多自己产生的花，菜，水果，这就使人更接近了自然。从它里面说，它没有像伦敦的那些成天冒烟的工厂；从外面说，它紧连着园林，菜圃与农村。采菊东篱下，在这里，确是可以悠然见南山的；大概把"南"字变个"西"或"北"，也没有多少了不得的吧。像我这样的一个贫寒的人，或者只有在北平能享受一点清福了。

好，不再说了吧；要落泪了，真想念北平呀！

（原载1936年6月16日《宇宙风》第19期）

北京的春节

按照北京的老规矩,过农历的新年(春节),差不多在腊月的初旬就开头了。"腊七腊八,冻死寒鸦",这是一年里最冷的时候。可是,到了严冬,不久便是春天,所以人们并不因为寒冷而减少过年与迎春的热情。在腊八那天,人家里,寺观里,都熬腊八粥。这种特制的粥是祭祖祭神的,可是细一想,它倒是农业社会的一种自傲的表现——这种粥是用所有的各种的米,各种的豆,与各种的干果(杏仁、核桃仁、瓜子、荔枝肉、桂圆肉、莲子、花生米、葡萄干、菱角米……)熬成的。这不是粥,而是小型的农业展览会。

腊八这天还要泡腊八蒜。把蒜瓣在这天放到高醋里,封起来,为过年吃饺子用的。到年底,蒜泡得色如翡翠,而醋也有了些辣味,色味双美,使人要多吃几个饺子。在北京,过年时,家家吃饺子。

从腊八起,铺户中就加紧的上年货,街上加多了货摊子——卖春联的、卖年画的、卖蜜供的、卖水仙花的等等都是只在这一季节才会出现的。这些赶年的摊子都教儿童们的心跳得特别快一些。在胡同里,吆喝的声音也比平时更多更复杂起来,其中也有仅在腊月才出现的,像卖宪书的、松枝的、薏仁米的、年糕的等等。

在有皇帝的时候,学童们到腊月十九日就不上学了,放年假一月。儿童们准备过年,差不多第一件事是买杂拌儿。这是用各种干果(花生、胶枣、榛子、栗子等)与蜜饯掺和成的,普通的带皮,高级的没有皮——例如:普通的用带皮的榛子,高级的用榛瓤儿。儿童们喜吃这些零七八碎儿,即使没有饺子吃,也必须买杂拌儿。他们的第二件大事是买爆竹,特别是男孩子们。恐怕第三件事才是买玩艺儿——风筝、空竹、口琴等——和年画儿。

儿童们忙乱,大人们也紧张。他们须预备过年吃的使的喝的一切。

他们也必须给儿童赶快做新鞋新衣，好在新年时显出万象更新的气象。

二十三日过小年，差不多就是过新年的"彩排"。在旧社会里，这天晚上家家祭灶王，从一擦黑儿鞭炮就响起来，随着炮声把灶王的纸像焚化，美其名叫送灶王上天。在前几天，街上就有多少多少卖麦芽糖与江米糖的，糖形或为长方块或为大小瓜形。按旧日的说法：用糖粘住灶王的嘴，他到了天上就不会向玉皇报告家庭中的坏事了。现在，还有卖糖的，但是只由大家享用，并不再粘灶王的嘴了。

过了二十三，大家就更忙起来，新年眨眼就到了啊。在除夕以前，家家必须把春联贴好，必须大扫除一次，名曰扫房。必须把肉、鸡、鱼、青菜、年糕什么的都预备充足，至少足够吃用一个星期的——按老习惯，铺户多数关五天门，到正月初六才开张。假若不预备下几天的吃食，临时不容易补充。还有，旧社会里的老妈妈论，讲究在除夕把一切该切出来的东西都切出来，省得在正月初一到初五再动刀，动刀剪是不吉利的。这含有迷信的意思，不过它也表现了我们确是爱和平的人，在一岁之首连切菜刀都不愿动一动。

除夕真热闹。家家赶作年菜，到处是酒肉的香味。老少男女都穿起新衣，门外贴好红红的对联，屋里贴好各色的年画，哪一家都灯火通宵，不许间断，炮声日夜不绝。在外边作事的人，除非万不得已，必定赶回家来，吃团圆饭，祭祖。这一夜，除了很小的孩子，没有什么人睡觉，而都要守岁。

元旦的光景与除夕截然不同：除夕，街上挤满了人；元旦，铺户都上着板子，门前堆着昨夜燃放的爆竹纸皮，全城都在休息。

男人们在午前就出动，到亲戚家，朋友家去拜年。女人们在家中接待客人。同时，城内城外有许多寺院开放，任人游览，小贩们在庙外摆摊、卖茶、食品和各种玩具。北城外的大钟寺、西城外的白云观、南城的火神庙（厂甸）是最有名的。可是，开庙最初的两三天，并不十分热闹，因为人们还正忙着彼此贺年，无暇及此。到了初五六，庙会开始风

光起来,小孩们特别热心去逛,为的是到城外看看野景,可以骑毛驴,还能买到那些新年特有的玩具。白云观外的广场上有赛轿车赛马的;在老年间,据说还有赛骆驼的。这些比赛并不争取谁第一谁第二,而是在观众面前表演骡马与骑者的美好姿态与技能。

  多数的铺户在初六开张,又放鞭炮,从天亮到清早,全城的炮声不绝。虽然开了张,可是除了卖吃食与其他重要日用品的铺子,大家并不很忙,铺中的伙计们还可以轮流着去逛庙、逛天桥和听戏。

  元宵(*汤圆*)上市,新年的高潮到了——元宵节(从正月十三到十七)。除夕是热闹的,可是没有月光;元宵节呢,恰好是明月当空。元旦是体面的,家家门前贴着鲜红的春联,人们穿着新衣裳,可是它还不够美。元宵节,处处悬灯结彩,整条的大街像是办喜事,火炽而美丽。有名的老铺都要挂出几百盏灯来,有的一律是玻璃的,有的清一色是牛角的,有的都是纱灯;有的各形各色,有的通通彩绘全部《红楼梦》或《水浒传》故事。这,在当年,也就是一种广告;灯一悬起,任何人都可以进到铺中参观;晚间灯中都点上烛,观者就更多。这广告可不庸俗。干果店在灯节还要作一批杂拌儿生意,所以每每独出心裁的,制成各样的冰灯,或用麦苗作成一两条碧绿的长龙,把顾客招来。

  除了悬灯,广场上还放花盒。在城隍庙里并且燃起火判,火舌由判官的泥像的口、耳、鼻、眼中伸吐出来。公园里放起天灯,像巨星似的飞到天空。

  男男女女都出来踏月、看灯、看焰火;街上的人拥挤不动。在旧社会里,女人们轻易不出门,她们可以在灯节里得到些自由。

  小孩子们买各种花炮燃放,即使不跑到街上去淘气,在家中也照样能有声有光的玩耍。家中也有灯:走马灯——原始的电影——宫灯、各形各色的纸灯,还有纱灯,里面有小铃,到时候就叮叮的响。大家还必须吃汤圆呀。这的确是美好快乐的日子。

  一眨眼,到了残灯末庙,学生该去上学,大人又去照常作事,新年在正月十九结束了。腊月和正月，在农村社会里正是大家最闲在的时候，而猪牛羊等也正长成，所以大家要杀猪宰羊，酬劳一年的辛苦。过了灯节，天气转暖，大家就又去忙着干活了。北京虽是城市，可是它也跟着农村社会一齐过年，而且过得分外热闹。

在旧社会里，过年是与迷信分不开的。腊八粥，关东糖，除夕的饺子，都须先去供佛，而后人们再享用。除夕要接神；大年初二要祭财神，吃元宝汤（馄饨），而且有的人要到财神庙去借纸元宝，抢烧头股香。正月初八要给老人们顺星、祈寿。因此那时候最大的一笔浪费是买香蜡纸马的钱。现在，大家都不迷信了，也就省下这笔开销，用到有用的地方去。特别值得提到的是现在的儿童只快活的过年，而不受那迷信的熏染，他们只有快乐，而没有恐惧——怕神怕鬼。也许，现在过年没有以前那么热闹了，可是多么清醒健康呢。以前，人们过年是托神鬼的庇佑，现在是大家劳动终岁，大家也应当快乐的过节。

（原载1951年1月《新观察》第2卷第2期）

新年醉话

大新年的，要不喝醉一回，还算得了英雄好汉么？喝醉而去闷睡半日，简直是白糟蹋了那点酒。喝醉必须说醉话，其重要至少等于新年必须喝醉。

醉话比诗话词话官话的价值都大，特别是在新年。比如你恨某人，久想骂他猴崽子一顿。可是平日的生活，以清醒温和为贵，怎好大睁白眼的骂阵一番？到了新年，有必须喝醉的机会，不乘此时节把一年的"储蓄骂"都倾泻净尽，等待何时？于是乎骂矣。一骂，心中自然痛快，且觉得颇有英雄气概。因此，来年的事业也许更顺当，更风光；在元旦或大年初二已自诩为英雄，一岁之计在于春也。反之，酒只两盅，菜过五味，欲哭无泪，欲笑无由。只好哼哼唧唧噜哩噜苏，如老母鸡然，则癞狗见了也多咬你两声，岂能成为民族的英雄？

再说，处此文明世界，女扮男装。许多许多男子大汉在家中乾纲不振。欲恢复男权，以求平等，此其时矣。你得喝醉哟，不然哪里敢！既醉，则挑鼻子弄眼，不必提名道姓，而以散文诗冷嘲，继以热骂：头发烫得像鸡窝，能孵小鸡么？曲线美，直线美又几个钱一斤？老子的钱是容易挣得？哼！诸如此类，无须管层次清楚与否，但求气势畅利。每当少为停顿，则加一哼，哼出两道白气，这么一来，家中女性，必都惶恐。如不惶恐，则拉过一个——以老婆为最合适——打上几拳。即使因此而罚跪床前，但床前终少见证，而醉骂则广播四邻，其声势极不相同，威风到底是男子汉的。闹过之后，如有必要，得请她看电影；虽发似鸡窝如故，且未孵出小鸡，究竟得显出不平凡的亲密。即使完全失败，跪在床前也不见原谅，到底酒力热及四肢，不至着凉害病，多跪一会儿正自无损。这自然是附带的利益，不在话下。无论怎么说，你总得给女性们一手儿瞧瞧，纵不能一战成功，也给了她们个有力的暗示——

你并不是泥人哟。久而久之，只要你努力，至少也使她们明白过来：你有时候也曾闹脾气，而跪在床前殊非完全投降的意思。

至若年底搪债，醉话尤为必需。讨债的来了，见面你先喷他一口酒气，他的威风马上得降低好多，然后，他说东，你说西，他说欠债还钱，你唱《四郎探母》。虽曰无赖，但过了酒劲，日后见面，大有话说。此"尖头曼"[①]之所以为"尖头曼"也。

醉话之功，不止于此，要在善于运用。秘诀在这里：酒喝到八成，心中还记得"莫谈国事"，把不该说的留下；可以说的，如骂友人与恫吓女性，则以酒力充分活动想象力，务使自己成为浪漫的英雄。骂到伤心之处，宜紧紧摇头，使眼泪横流，自增杀气。

当是时也，切莫题词寄信，以免留叛逆的痕迹。必欲艺术的发泄酒性，可以在窗纸上或院壁上作画。画完题"醉墨"二字，豪放之情乃万古不朽。

（原载1934年1月《矛盾》第2卷第5期）

---

① 尖头曼：英语gentleman（绅士）的谐音。

大发议论

过年是一种艺术。咱们的先人就懂得贴春联，点红灯，换灶王像，馒头上印红梅花点，都是为使一切艺术化。爆竹虽然是噪音，但"灯儿带炮"便给声音加上彩色，有如感觉派诗人所用的字眼儿。盖自有史以来，中国人本是最艺术的，其过年比任何民族都更复杂，热闹，美好，自是民族之光，亦理所当然。

以烹调而言，上自龙肝凤肺，下至姜蒜大葱，无所不吃，且都有奇妙的味道。拿板凳腿作冰激凌，只要是中国人做的，给欧西的化学家吃，他也得莫名其妙，而连声夸好；即使稍有缺点，亦不过使肚子微痛一阵而已。吃了老鼠而再吃猫，既不辨其为鼠为猫，且不在肚中表演猫捕鼠的游戏，是之谓巧夺天工。烹调的方法既巧夺天工，新年便没法儿不火炽，没法儿不是艺术的。一碗清汤，两片牛肉，而后来个硬凉苹果，如西洋红毛鬼子的办法，只足引起伤心，哪里还有心肠去快活。反之，酒有茵陈玫瑰和佛手露，佐以蜜饯果儿——红的是山楂糕，绿的是青梅，黄的是桔饼，紫的是金丝蜜枣，有如长虹吹落，碎在桌上，斑斑块块如灿艳群星，而到了口中都甜津津的，不亦乐乎！加以八碟八碗，或更倍之，各发异香，连冒出的气儿都婉转缓腻，不像馒头揭锅，热气立散；于是吃一看二，咽一块不能不点点头，喝一口不能不咂咂嘴；或汤与块齐尝，则顺流而下，不知所之，岂不快哉！脑与口与肚一体舒畅，宜乎行令猜拳，吃个七八小时也。这是艺术。做得艺术，吃得艺术，于是一肚子艺术，而后题诗壁上，剪烛梅前，入了象牙之塔，出了象牙之狗，美哉新年也！

这不过略提了提"吃"，已足使弱小民族垂涎三尺，而万国来朝。至若吃饱喝足，面色微紫，或看牌，或掷骰，或顶牛，勾心斗角，各运心思，赢了微笑，输急才骂几句；至若穿新衣，逛花灯，看亲戚，接姑奶奶与小外甥……只好从略，只好从略，以免六国联军又打天津。因羡生妒，至蛮不讲理，往往有之。

到了现在，过年的艺术不但在质上，就是在量上，也正在迈进。以次数说，新年起码有两个，增多了一倍。活个七老八十，而能过一百好几十次新年，正是：

五风十雨皆为瑞，

一岁双年总是春。

人生七十古来稀，到而今，活五十岁而过一百次年，活不到七十也没多大关系了。这顺手儿就解决了人口过剩问题，因为活到四五十岁，已经过了一百来回年，在价值上总算过得去了；那么，五十多而仍不死，就满可以立下遗嘱，而后把自己活埋了。不过，这是附带的话；如不愿活埋呢，也无须一定这么办，活着也好。书归正传：

两个新年，先过国历新年，然后再过"家历"新年。二者之间隔着那么几十天，恰好藕断丝连，顾此而不失彼，是诗意的跌宕，是艺术的沉醉，是电影的广告！前前后后三个来月，甚至于可以把冬至的馄饨接上端阳的粽子，而后紧跟着去到青岛避暑。天哪，感谢你使我们生活在中国！

可是，人心不同，也有不这样看的。记得去年在我们镇上，铺户都在"家历"新年关上了门。小徒弟们在铺内敲锣打鼓，掌柜们把脸喝得怪红。邻家二大妈一向失于修饰，也戴上了朵小红绢石榴花。私塾中的学童们把《三字经》等放在神龛后面，暂由财神奶奶妥为照管。洋学堂的秀才们也回来凑热闹，过了灯节还舍不得走。这本是为艺术而艺术，并没有什么说不过去的地方。哪知道，镇上有位爱国志士发了议论：爱国的人应当遵守国历；再说，国历是最科学的。

我也说了话。我既也是镇上的圣人之一，自然不能增他人的锐气而减自己的威风。你看，大家听了志士的议论，虽然过年如故，可是心中有点不自在。我们镇上的人向来不提倡仇货；也不赞成妇女放脚，因为

缠脚是更含有国货的意味。他们不甘于作不爱国的人，但是，他们没话反攻，而爱国志士就鼻孔朝天的得意起来。我不能不开口了！我说：过年是种艺术，谈不到科学；谁能在除夕吃地质学，喝王水，外加安末尼亚？再说，国历是科学的，连洋鬼子都知道，难道堂堂的天朝选民就不晓得？二月是二十八天，正合二十八宿，中西正是一理，不过，科学是日新月异的，将来一高兴，也许二月剩八天，巧合八卦图，而十二月来上五六十来天！再说，家历月月十五有圆月，而国历月月十五有圆太阳，阳胜于阴，理当乾纲大振，大家不怕老婆。可惜，圆月之外还有新月半月等等，而太阳没有出过太阳牙。

连邻家二大妈也听出我这一套是暗含讥讽，马上给我送过来一大盘年糕；虽然我看出糕的一角似被老鼠啃去，也还很感激她。她的话比年糕的价值还大。她说：八月十五云遮月，正月十五雪打灯。假如十五没月亮，这两句古语从何应验？还有，腊月三十要是出了圆月，咱们是过年好呢，还是拜月好呢？二大妈的话实在有理。于是设法传到爱国志士耳中，省得叫他目空一切。二大妈至少比他多吃过二三十年的年糕，这不是瞎说的。

他似乎也看出八月十五云遮月的重要，可是仍然不服气。他带着讽刺的味儿说：为什么不可以把吃喝玩乐都放在国历新年；莫非是天气不够冷的？

我先回答了他这末一句。对于此点我更有话说。过去的经验不定在什么时候就会大有用处；你看，我恰巧在南洋过过一次年。在那里，元旦依然是风扇与冰激凌的天气。大家赤着脚，穿着单衫，可是拼命的放爆竹，吃年糕，贴对子，买牡丹，祭财神。天气和六月里一样，而过年还是过年。这不是冷不冷的问题。冷也得过年，热也得过年，过年是种艺术，与寒暑表的升降无关。

至于为什么不把吃喝玩乐都放在国历新年，他是只知其一，不知其二。为表示爱国，为表示科学化，我们都应当遵守国历；国历国科国学国民等等本来自成系统。严格的说，一个国民而不欢欢喜喜的过下儿国历新年，理当斩首，号令国门。可是有一层，人当爱国，也当爱家。齐家而后能治国；试看古今多少英雄豪杰，哪个不是先把钱搂到家中，使家族风光起来，而后再谈国事？因此，国历与家历应当两存；到爱国的时候就爱国，到爱家的时候便爱家，这才称得起是圣之时者。你真要在家历新年之际，三过其门而不入，留神尊夫人罚你跪下顶灯三小时；大冷的天，不是玩的！这不是要哪个与不要哪个的问题，也不是哪个好与哪个坏的问题，而是应当下一番工夫去研究怎样过新新年，与怎样过旧新年。二者的历史不同，性质不同，时间不同，种类不同，所以过法也得不同。把旧艺术都搬到新节令上来，不但是显着驴唇不对马嘴，而且是自己剥夺了生命的享受。反之，顺着天时地利与人和，各有各的办法，各有各的味道，才能算作生活的艺术。

　　以国历新年说吧。过这个年得带洋味，因为它是洋钦天监给规定的。在这个新年，见面不应说"多多发财"，而须说"害怕扭一耳"①。非这么办不可，你必须带出洋味，以便别于家历新年。该新则新，该旧则旧，这一向是我们的长处。你自己穿洋服去跳舞，而叫小脚夫人在家中啃窝窝头，理当如此。过年也是这样。那么，过国历新年，应在大街上高搭彩牌，以示普天同庆。大家到大饭店去喝香槟。然后，去跳舞一番，或凑几个同志打打微高尔夫。约女朋友看看电影，或去听听西洋音乐，吃些块奶油巧古力，也不失体统。若能凑几个人演一出三幕戏，偏请女客为自己来鼓掌，那更有意思。不必去给父亲拜年，你父亲自然会看到你在报纸上登的贺年小广告。可是见着父亲的时候别忘了说"害怕扭一耳"。你应当作一身新洋服。总之，你要在这个时节充分的表现出来，你是爱国，你懂得新事，你会跳舞，你会溜冰。这个年要过得似乎是洋鬼子，又不十分像；不像吧，又像。这也是一种艺术。若以酒类作

---

① 害怕扭一耳：英语 Happy New Year（新年好）的谐音。

喻，这是啤酒。虽然是酒，可又像汽水。拿准这个尺寸，这个新年正大有滋味，你要是不过它一下，你便永远摸不清个人与世界的关系。说到这儿，你顶好给美国总统写个贺年片，贴足邮票寄去。他要是不回拜的话，那是他的错儿，你居心无愧。

这么过了一个年，然后再等过那一个，艺术上的对照法。一个是浪漫的，摩登的，香槟与裸体美人的；一个是写实的，遗传的，家长里短的。你身过二年，胃收百味，是沟通东西文化的活水，是香槟与陈绍的产儿，是一切的一切！

应当再说怎过旧新年。不过，你早就知道。只须告诉你一句：无论是在哪个新年，总不应该还债。还有一句——只是一句了——在旧新年元旦出门，必先看好喜神是在哪一方；国历新年则不受此限制，你拿着顶出来也好。

爱国志士听了这一番高论，茅塞一顿一顿的都开了，托二大妈来约我去打几圈小麻雀，遂单刀赴会焉。

（原载 1934 年 2 月 16 日《论语》第 35 期）

抬头见喜

对于时节,我向来不特别的注意。拿清明说吧,上坟烧纸不必非我去不可,又搭着不常住在家乡,所以每逢看见柳枝发青便晓得快到了清明,或者是已经过去。对重阳也是这样,生平没在九月九登过高,于是重阳和清明一样的没有多大作用。

端阳,中秋,新年,三个大节可不能这么马虎过去。即使我故意躲着它们,账条是不会忘记了我的。也奇怪,一个无名之辈,到了三节会有许多人惦记着,不但来信,送账条,而且要找上门来!

设若故意躲着借款,着急,设计自杀等等,而专讲三节的热闹有趣那一面儿,我似乎是最喜爱中秋。"似乎",因为我实在不敢说准了。幼年时,中秋是个很可喜的节,要不然我怎么还记得清清楚楚那些"兔儿爷"的样子呢?有"兔儿爷"玩,这个节必是过得十二分有劲。可是从另一方面说,至少有三次喝醉是在中秋;酒入愁肠呀!所以说"似乎"最喜爱中秋。

事真凑巧,这三次"非杨贵妃式"的醉酒我还都记得很清楚。那么,就说上一说呀。第一次是在北平,我正住在翊教寺一家公寓里。好友卢嵩庵从柳泉居运来一坛子"竹叶青"。又约来两位朋友——内中有一位是不会喝的——大家就抄起茶碗来。坛子虽大,架不住茶碗一个劲进攻;月亮还没上来,坛子已空。干什么去呢?打牌玩吧。各拿出铜元百枚,约合大洋七角多,因这是古时候的事了。第一把牌将立起来,不晓得——至今还不晓得——我怎么上了床。牌必是没打成,因为我一睁眼已经红日东升了。

第二次是在天津,和朱荫棠在同福楼吃饭,各饮绿茵陈二两。吃完饭,到一家茶肆去品茗。我朝窗坐着,看见了一轮明月,我就吐了。这回决不是酒的作用,毛病是在月亮。

第三次是在伦敦。那里的秋月是什么样子，我说不上来——也许根本没有月亮其物。中国工人俱乐部里有多人凑热闹，我和沈刚伯也去喝酒。我们俩喝了两瓶葡萄酒。酒是用葡萄还是葡萄叶儿酿的，不可得而知，反正价钱很便宜；我们俩自古至今总没作过财主。喝完，各自回寓所。一上公众汽车，我的脚忽然长了眼睛，专找别人的脚尖去踩。这回可不是月亮的毛病。

对于中秋，大致如此——无论如何也不能说它坏。就此打住。

至若端阳，似乎可有可无。粽子，不爱吃。城隍爷现在也不出巡；即使再出巡，大概也没有跟随着走几里路的兴趣。樱桃真是好东西，可惜被黑白桑葚给带累坏了。

新年最热闹，也最没劲，我对它老是冷淡的。自从一记事儿起，家中就似乎很穷。爆竹总是听别人放，我们自己是静寂无哗。记得最真的是家中一张《王羲之换鹅》图。每逢除夕，母亲必把它从个神秘的地方找出来，挂在堂屋里。姑母就给说那个故事；到如今还不十分明白这故事到底有什么意思，只觉得"王羲之"三个字倒很响亮好听。后来入学，读了《兰亭序》，我告诉先生，王羲之是在我的家里。

长大了些，记得有一年的除夕，大概是光绪三十年前的一二年，母亲在院中接神，雪已下了一尺多厚。高香烧起，雪片由漆黑的空中落下，落到火光的圈里，非常的白，紧接着飞到火苗的附近，舞出些金光，即行消灭；先下来的灭了，上面又紧跟着下来许多，像一把"太平花"倒放。我还记着这个。我也的确感觉到，那年的神仙一定是真由天上回到世间。

中学的时期是最忧郁的，四五个新年中只记得一个，最凄凉的一个。那是头一次改用阳历，旧历的除夕必须回学校去，不准请假。姑母刚死两个多月，她和我们同住了三十年的样子。她有时候很厉害，但大体上说，她很爱我。哥哥当差，不能回来。家中只剩母亲一人。我在四点多钟回到家中，母亲并没有把"王羲之"找出来。吃过晚饭，我不能不告诉母亲了——我还得回校。她愣了半天,没说什么。我慢慢的走出去,她跟着走到街门。摸着袋中的几个铜子,我不知道走了多少时候,才走到学校。路上必是很热闹,可是我并没看见,我似乎失了感觉。到了学校,学监先生正在学监室门口站着。他先问我:"回来了?"我行了个礼。他点了点头,笑着叫了我一声:"你还回去吧。"这一笑,永远印在我心中。假如我将来死后能入天堂,我必把这一笑带给上帝去看。

我好像没走就又到了家,母亲正对着一枝红烛坐着呢。她的泪不轻易落,她又慈善又刚强。见我回来了,她脸上有了笑容,拿出一个细草纸包儿来:"给你买的杂拌儿,刚才一忙,也忘了给你。"母子好像有千言万语,只是没精神说。早早的就睡了。母亲也没精神。

中学毕业以后,新年,除了为还债着急,似乎已和我不发生关系。我在哪里,除夕便由我照管着哪里。别人都回家去过年,我老是早早关上门,在床上听着爆竹响。平日我也好吃个嘴儿,到了新年反倒想不起弄点什么吃,连酒不喝。在爆竹稍静了些的时节,我老看见些过去的苦境。可是我既不落泪,也不狂歌,我只静静的躺着。躺着躺着,多咱烛光在壁上幻出一个"抬头见喜",那就快睡去了。

(原载 1934 年 1 月《良友画报》第 84 期)

夏初的北平

又到了朝顶进香的时节，天气暴热起来。

卖纸扇的好像都由什么地方忽然一齐钻出来，跨着箱子，箱上的串铃哗啷哗啷的引人注意。道旁，青杏已论堆儿叫卖，樱桃照眼的发红，玫瑰枣儿盆上落着成群的金蜂，玻璃粉在大磁盆内放着层乳光，扒糕与凉粉的挑子收拾得非常的利落，摆着各样颜色的作料，人们也换上浅淡而花哨的单衣，街上突然增加了许多颜色，像多少道长虹散落在人间。清道夫们加紧的工作，不住的往道路上泼洒清水，可是轻尘依旧往起飞扬，令人烦躁。轻尘中却又有那长长的柳枝，与轻巧好动的燕子，使人又不得不觉到爽快。一种使人不知怎样好的天气，大家打着懒长的哈欠，疲倦而又痛快。

秧歌，狮子，开路，五虎棍，和其他各样的会，都陆续的往山上去。敲着锣鼓，挑着箱笼，打着杏黄旗，一当儿跟着一当儿，给全城一些异常的激动，给人们一些渺茫而又亲切的感触，给空气中留下些声响与埃尘。赴会的，看会的，都感到一些热情，虔诚，与兴奋。乱世的热闹来自迷信，愚人的安慰只有自欺。这些色彩，这些声音，满天的晴云，一街的尘土，教人们有了精神，有了事作：上山的上山，逛庙的逛庙，看花的看花……至不济的还可以在街旁看看热闹，念两声佛。

天这么一热，似乎把故都的春梦唤醒，到处可以游玩，人人想起点事作，温度催着花草果木与人间享乐一齐往上增长。南北海里的绿柳新蒲，招引来吹着口琴的少年，男男女女把小船放到柳阴下，或荡在嫩荷间，口里吹着情歌，眉眼也会接吻。公园里的牡丹芍药，邀来骚人雅士，缓步徘徊，摇着名贵的纸扇；走乏了，便在红墙前，绿松下，饮几杯足以引起闲愁的清茶，偷眼看着来往的大家闺秀与南北名花。就是那向来冷静的地方，也被和风晴日送来游人，正如

送来蝴蝶。崇效寺的牡丹，陶然亭的绿苇，天然博物院的桑林与水稻，都引来人声伞影；甚至于天坛，孔庙，与雍和宫，也在严肃中微微有些热闹。好远行的与学生们，到西山去，到温泉去，到颐和园去，去旅行，去乱跑，去采集，去在山石上乱画些字迹。寒苦的人们也有地方去，护国寺，隆福寺，白塔寺，土地庙，花儿市，都比往日热闹：各种的草花都鲜艳的摆在路旁，一两个铜板就可以把"美"带到家中去。豆汁摊上，咸菜鲜丽得像朵大花，尖端上摆着焦红的辣椒。鸡子儿正便宜，炸蛋角焦黄稀嫩的惹人咽着唾液。天桥就更火炽，新席造起的茶棚，一座挨着一座，洁白的桌布，与妖艳的歌女，遥对着天坛墙头上的老松。锣鼓的声音延长到七八小时，天气的爽燥使锣鼓特别的轻脆，击乱了人心。妓女们容易打扮了，一件花洋布单衣便可以漂亮的摆出去，而且显明的露出身上的曲线。好清静的人们也有了去处，积水滩前，万寿寺外，东郊的窑坑，西郊的白石桥，都可以垂钓，小鱼时时碰得嫩苇微微的动。钓完鱼，野茶馆里的猪头肉，卤煮豆腐，白干酒与盐水豆儿，也能使人醉饱；然后提着钓竿与小鱼，沿着柳岸，踏着夕阳，从容的进入那古老的城门。

　　到处好玩，到处热闹，到处有声有色。夏初的一阵暴热像一道神符，使这老城处处带着魔力。它不管死亡，不管祸患，不管困苦，到时候它就施展出它的力量，把百万的人心都催眠过去，作梦似的唱着它的赞美诗。它污浊，它美丽，它衰老，它活泼，它杂乱，它安闲，它可爱，它是伟大的夏初的北平。

（选自《骆驼祥子》，1939年3月由人间书屋初版，题目为编者所加）

北平的夏天

在太平年月，北平的夏天是很可爱的。从十三陵的樱桃下市到枣子稍微挂了红色，这是一段果子的历史——看吧，青杏子连核儿还没长硬，便用拳头大的小蒲篓儿装起，和"糖稀"一同卖给小姐与儿童们。慢慢的，杏子的核儿已变硬，而皮还是绿的，小贩们又接二连三的喊："一大碟，好大的杏儿喽！"这个呼声，每每教小儿女们口中馋出酸水，而老人们只好摸一摸已经活动了的牙齿，惨笑一下。不久，挂着红色的半青半红的"土"杏儿下了市。而吆喝的声音开始音乐化，好像果皮的红美给了小贩们以灵感似的。而后，各种的杏子都到市上来竞赛：有的大而深黄，有的小而红艳，有的皮儿粗而味厚，有的核子小而爽口——连核仁也是甜的。最后，那驰名的"白杏"用绵纸遮护着下了市，好像大器晚成似的结束了杏的季节。当杏子还没断绝，小桃子已经歪着红嘴想取而代之。杏子已不见了。各样的桃子，圆的，扁的，血红的，全绿的，浅绿而带一条红脊椎的，硬的，软的，大而多水的，和小而脆的，都来到北平给人们的眼，鼻，口，以享受。

红李，玉李，花红和虎拉车①，相继而来。人们可以在一个担子上看到青的红的，带霜的发光的，好几种果品，而小贩得以充分的施展他的喉音，一口气吆喝出一大串儿来——"买李子耶，冰糖味儿的水果来耶；喝了水儿的，大蜜桃呀耶；脆又甜的大沙果子来耶……"

每一种果子到了熟透的时候，才有由山上下来的乡下人，背着长筐，把果子遮护得很严密，用拙笨的，简单的呼声，隔半天才喊一声：大苹果，或大蜜桃。他们卖的是真正的"自家园"的山货。他们人的样子与货品的地道，都使北平人想象到西边与北边的青山上的果园，而感到一点诗意。

---

① 虎拉车：一种水果名，近似沙果。

梨，枣和葡萄都下来的较晚，可是它们的种类之多与品质之美，并不使它们因迟到而受北平人的冷淡。北平人是以他们的大白枣，小白梨与牛乳葡萄傲人的。看到梨枣，人们便有"一叶知秋"之感，而开始要晒一晒夹衣与拆洗棉袍了。

在最热的时节，也是北平人口福最深的时节。果子以外还有瓜呀！西瓜有多种，香瓜也有多种。西瓜虽美，可是论香味便不能不输给香瓜一步。况且，香瓜的分类好似有意的"争取民众"——那银白的，又酥又甜的"羊角蜜"假若适于文雅的仕女吃取，那硬而厚的，绿皮金黄瓤子的"三白"与"哈蟆酥"就适于少壮的人们试一试嘴劲，而"老头儿乐"，顾名思义，是使没牙的老人们也不至向隅的。

在端阳节，有钱的人便可以尝到汤山的嫩藕了。赶到迟一点鲜藕也下市，就是不十分有钱的，也可以尝到"冰碗"了——一大碗冰，上面覆着张嫩荷叶，叶上托着鲜菱角，鲜核桃，鲜杏仁，鲜藕，与香瓜组成的香，鲜，清，冷的，酒菜儿。就是那吃不起冰碗的人们，不是还可以买些菱角与鸡头米，尝一尝"鲜"吗？

假若仙人们只吃一点鲜果，而不动火食，仙人在地上的洞府应当是北平啊！

天气是热的，可是一早一晚相当的凉爽，还可以作事。会享受的人，屋里放上冰箱，院内搭起凉棚，他就会不受到暑气的侵袭。假若不愿在家，他可以到北海的莲塘里去划船，或在太庙与中山公园的老柏树下品茗或摆棋。"通俗"一点的，什刹海畔借着柳树支起的凉棚内，也可以爽适的吃半天茶，哑几块酸梅糕，或呷一碗八宝荷叶粥。愿意洒脱一点的，可以拿上钓竿，到积水滩或高亮桥的西边，在河边的古柳下，作半日的垂钓。好热闹的，听戏是好时候，天越热，戏越好，名角儿们都唱双出。夜戏散台差不多已是深夜，凉风儿，从那槐花与荷塘吹过来的凉风儿，会使人精神振起，而感到在戏园受四五点钟的闷气并不冤枉，于是便哼着《四郎探母》什么的高高兴兴的走回家去。天气是热的，而

人们可以躲开它!在家里,在公园里,在城外,都可以躲开它。假若愿远走几步,还可以到西山卧佛寺,碧云寺,与静宜园去住几天啊。就是在这小山上,人们碰运气还可以在野茶馆或小饭铺里遇上一位御厨,给作两样皇上喜欢吃的菜或点心。

(选自《四世同堂》,第一部《惶惑》于1946年由良友复兴图书印刷公司初版,第二部《偷生》于1946年由晨光出版公司初版,第三部《饥荒》连载于1950年《小说》与1982年《十月》,题目为编者所加)

避暑

英美的小资产阶级，到夏天若不避暑，是件很丢人的事。于是，避暑差不多成为离家几天的意思，暑避了与否倒不在话下。城里的人到海边去，乡下人上城里来；城里若是热，乡下人干吗来？若是不热，城里的人为何不老老实实的在家里歇着？这就难说了。再看海边吧，各样杂耍，似赶集开庙一般，男女老幼，闹闹吵吵，比在家中还累得慌。原来暑本无须避，而面子不能不圆上——；夏天总得走这么几日，要不然便受不了亲友的盘问。谁也知道，海边的小旅馆每每一间小屋睡大小五口；这只好尽在不言中。

手中更富裕的，讲究到外国来。这更少与避暑有关。巴黎夏天比伦敦热得多，而巴黎走走究竟体面不小。花几个钱，长些见识，受点热也还值得。可是咱们这儿所说的人们，在未走以前已经决定好自己的文化比别国高；而回来之后只为增高在亲友中的身份——"刚由巴黎回来；那群法国人！"

到中国做事的西人，自然更不能忘了这一套。在北戴河，有三家凑赁一所小房的，住上二天，大家的享受正如圈里的羊。自然也有很阔气的，真是去避暑；可是这样的人大概在哪里也不见得感到热，有钱呀。有钱能使鬼推磨，难道不能使鬼做冰激凌吗？这总而言之，都有点装着玩。外国人装蒜，中国人要是不学，便算不了摩登①。于是自从皇上被免职以后，中国人也讲究避暑。北平的西山，青岛，和其他的地方，都和洋钱有同样的响声。还有特意到天津或上海玩玩的，也归在避暑项下；谁受罪谁知道。

暑，从哲学上讲，是不应当避的。人要把暑都避了，老天爷还要暑干吗？农人要都去避暑，粮食可还有的吃？再退一步讲，手里有钱，暑

---

① 摩登：英语 modern 的谐音，有时髦的意思。

不可不避，因为它暑。这自然可以讲得通，不过为避暑而急得四脖子汗流，便大可以不必。到避暑期间而闹得人仰马翻，便根本不如在家里和谁打上一架。

所以我的避暑法便很简单——家里蹲。第一不去坐火车；为避暑而先坐二十四小时的特别热车，以便到目的地去治上吐下泻，我就不那么傻。第二不扶老携幼去张心：比如上山，带着四个小孩，说不定会有三个半滚了坡的。山上的空气确是清新，可是下得山来，孩子都成了瘸子，也与教育宗旨不甚相合。即使没有摔坏，反正还不吓一身汗？这身汗哪里出不了，单上山去出？第三不用搬家。你说，一家大小都去避暑，得带多少东西？即使出发的时候力求简单，到了地方可就明白过来，啊，没有给小二带乳瓶来！买去吧，哼，该买的东西多了！三叔的固元膏忘下了，此处没有卖的，而不贴则三叔就泻肚；得发快信托朋友给寄！及至东西都慢慢买全，也该回家了，往回运吧，有什么可说的！

一个人去自然简单些，可是你留神吧，你的暑气还没落下去，家里的电报到了——急速回家！赶回来吧，原来没事，只是尊夫人不放心你！本来吗，一个人在海岸上溜，尊夫人能放心吗？她又不是没看过美人鱼的照片。

大家去，独自去，都不好；最好是不去。一动不如一静，心静自然凉。况且一切应用的东西都在手底下：凉席，竹枕，蒲扇，烟卷，万应锭，小二的乳瓶……要什么伸手即得，这就是个乐子。渴了有绿豆汤，饿了有烧饼，闷了念书或作两句诗。早早的起来，晚晚的睡，到了响午再补上一大觉；光脚没人管，赤背也不违警章，喝几口随便，喝两盅也行。有风便荫凉下坐着，没风则勤扇着，暑也可以避了。

这种避暑有两点不舒服：（一）没把钱花了；（二）怕人问你。都有办法：买点暑药送苦人，或是赈灾，即使不是有心积德，到底钱是不必非花在青岛不可的。至于怕有人问，你可以不见客，等秋来的时候，他

们问你，很可以这样说："老没见，上莫干山住了三个多月。"如能把孩子们嘱咐好了，或者不至漏了底。

（原载1934年8月1日《论语》第46期）

老舍与北京

兔儿爷

　　我好静，故怕旅行。自然，到过的地方就不多了。到的地方少，看的东西自然也就少。就是对于兔儿爷这玩艺儿也没有看过多少种。

　　稍为熟习的只有北方几座城：北平，天津，济南，和青岛。在这四个名城里，一到中秋，街上便摆出兔儿爷来——就是山东人称为兔子王的泥人。兔儿爷或兔子王都是泥作的。兔脸人身，有的背后还插上纸旗，头上罩着纸伞。种类多，作工细，要算北平。山东的兔子王样式既少，手工也很糙。

　　泥人本有多种，可是因为不结实，所以作得都不太精细；给小儿女买玩艺儿，谁也不愿多花钱买一碰即碎的呀。兔儿爷虽也系泥人，但售出的时间只在八月节前的半个月左右，与月饼同为迎时当令的东西，故不妨作得精细一些。况且小儿女们每愿给兔儿爷上供，置之桌上，不像对待别种泥娃娃那么随便，于是也就略为减少碰碎的危险。这样，兔儿爷便获得较优越的地位，而能每年一度很漂亮的出现于街头。

　　中秋又到了，北平等处的兔儿爷怎样呢？

　　我可以想象到：那些粉脸彩衣，插旗打伞的泥人们一定还是一行行的摆在街头，为暴敌①粉饰升平啊！

　　听说敌人这些日子，正在北平大量的焚书，（几乎凡不是木板的图书都可以遭到被投入火里的厄运。）学校里，人家里，都没有了书，而街头上到处摆出兔儿爷，多么好的一种布置呢！暴敌要的是傀儡呀！

　　友人来信，说平津大雨，连韭菜都卖到三吊钱（与重庆的"吊"同值）一束，粗粮也卖到一毛多一斤。谁还买得起兔儿爷呢？大概也就是在市上摆几天，给大家热闹热闹眼睛吧？

　　因而就想到那些高等汉奸，到时候，他们就必出来。正如桂花一

---

① 暴敌：指日寇。

开，兔子王便上市。他们的脸很体面，油光水滑的，只可惜鼻下有个三瓣子嘴，而头上有一对长耳朵。他们的身上也花花绿绿，足下登起粉底高靴。身腔里可是空空的，脊背有个泥团儿，为插旗伞之用；旗伞都是纸作的。他们多体面，多空虚，多没有心肝呢！他们唯一的好处似乎只在有两个泥膝，跪下很方便。

兔儿爷怕遇上淘气的孩子，左搬右弄，它脸上的粉，身上的彩，便被弄污；不幸而孩子一失手，全身便变成若干小片片了。孩子并不十分伤心，有钱便能再买一个呀。幸而支持过了中秋，并未粉碎；可又时节已过，谁还有心玩兔子王呢？最聪明的傀儡也不过是些小土片呀！那些带活气的兔子王，越漂亮，我就越替他们担心；小日本鬼子不但淘气，而且是世上最凶狠的孩子啊。兔子王的寿命无论如何过不去中秋，我真想为那些粉墨登场的傀儡们落泪了。

抗战建国须凭真实本领与浩然正气，只能迎时当令充兔子王的，不作汉奸，也是废物。那么，我们不仅当北望平津，似乎也当自省一下吧？

（原载1938年10月30日《弹花》第2卷第1期）

习惯

不管别位,以我自己说,思想是比习惯容易变动的。每读一本书,听一套议论,甚至看一回电影,都能使我的脑子转一下。脑子的转法像螺丝钉,虽然是转,却也往前进。所以,每转一回,思想不仅变动,而且多少有点进步。记得小的时候,有一阵子很想当"黄天霸"。每逢四顾无人,便掏出瓦块或碎砖,回头轻喊:看镖!有一天,把醋瓶也这样出了手,几乎挨了顿打。这是听《五女七贞》的结果。及至后来读了托尔斯泰等人的作品,就是看杨小楼扮演的"黄天霸",也不会再扔醋瓶了。你看,这不仅是思想老在变动,而好歹的还高了一二分呢。

习惯可不能这样。拿吸烟说吧,读什么,看什么,听什么,都吸着烟。图书馆里不准吸烟,干脆就不去。书里告诉我,吸烟有害,于是想戒烟,可是想完了,照样的点上一支。医院里陈列着"烟肺"也看见过,颇觉恐慌,我也是有肺动物啊!这点嗜好都去不掉,连肺也对不起呀,怎能成为英雄呢?!思想很高伟了;乃至吃过饭,高伟的思想又随着蓝烟上了天。有的时候确是坚决,半天儿不动些小白纸卷儿,而且自号为理智的人——对面是习惯的人。后来也不是怎么一股劲,连吸三支,合着并未吃亏。肺也许又黑了许多,可是心还跳着,大概一时不至于死,这很足自慰。什么都这样。按说一个自居摩登的人,总该常常携着夫人在街上走走了。我也这么想过,可是做不到。大家一看,我就毛咕,"你慢慢走着,咱们家里见吧!"把夫人落在后边,我自己迈开了大步。什么"尖头曼""方头曼"的,不管这一套。虽然这么说,到底觉得差一点。从此再不去双双走街。

明知电影比京戏文明一些,明知京戏的锣鼓专会供给头疼,可是

嘉宝或红发女郎总胜不过杨小楼去。锣鼓使人头疼得舒服，仿佛是。同样，冰激凌，咖啡，青岛洗海澡，美国桔子，都使我摇头。酸梅汤，香片茶，裕德池，肥城桃，老有种知己的好感。这与提倡国货无关，而是自幼儿养成的习惯。年纪虽然不大，可是我的幼年还赶上了野蛮时代。那时候连皇上都不坐汽车，可想见那是多么野蛮了。

跳舞是多么文明的事呢，我也没份儿。人家印度青年与日本青年，在巴黎或伦敦看见跳舞，都讲究馋得咽唾沫。有一次，在艾丁堡，跳舞场拒绝印度学生进去，有几位差点上了吊。还有一次在海船上举行跳舞会，一个日本青年气得直哭，因为没人招呼他去跳。有人管这种好热闹叫作猴子摹仿，我倒并不这么想。在我的脑子里，我看这并不成什么问题，跳不能叫印度登时独立，也不能叫日本灭亡。不跳呢，更不会就怎样了不得。可是我不跳。一个人吃饱了没事，独自跳跳，还倒怪好。叫我和位女郎来回的拉扯，无论说什么也来不得。看着就不顺眼，不用说真去跳了。这和吃冰激凌一样，我没有这个胃口。舌头一凉，马上联想到泻肚，其实心里准知道并没危险。

还有吃西餐呢。干净，有一定份量，好消化，这些我全知道。不过吃完西餐要不补充上一碗馄饨两个烧饼，总觉得怪委屈的。吃了带血的牛肉，喝凉水，我一定跑肚。想象的作用。这就没有办法了，想象真会叫肚子山响！

对于朋友，我永远爱交老粗儿。长发的诗人，洋装的女郎，打高尔夫的男性女性，咬言咂字的学者，满跟我没缘。看不惯。老粗儿的言谈举止是咱自幼听惯看惯的。一看见长发诗人，我老是要告诉他先去理发；即使我十二分佩服他的诗才，他那些长发使我堵的慌。家兄永远到"推剃两从便"的地方去"剃"，亮堂堂的很悦目。女子也剪发，在理论上我极同意，可是看着别扭。问我女子该梳什么"头"，我也答不出，

老舍与北京

我总以为女性应留着头发。我的母亲，我的大姐，不都是世界上最好的女人么？她们都没剪发。

行难知易，有如是者。

（原载1934年9月5日《人间世》第11期）

小动物们

鸟兽们自由的生活着,未必比被人豢养着更快乐。据调查鸟类生活的专门家说,鸟啼绝不是为使人爱听,更不是以歌唱自娱,而是占据猎取食物的地盘的示威;鸟类的生活是非常的艰苦。兽类的互相蚕食是更显然的。这样,看见笼中的鸟,或柙中的虎,而替它们伤心,实在可以不必。可是,也似乎不必替它们高兴;被人养着,也未尽舒服。生命仿佛是老在魔鬼与荒海的夹间儿,怎样也不好。

我很爱小动物们。我的"爱"只是我自己觉得如此;到底对被爱的有什么好处,不敢说。它们是这样受我的恩养好呢,还是自由的活着好呢?也不敢说。把养小动物们看成一种事实,我才敢说些关于它们的话。下面的述说,那么,只是为述说而述说。

先说鸽子。我的幼时,家中很贫。说出"贫"来,为是声明我并养不起鸽子;鸽子是种费钱的活玩艺儿。可是,我的两位姐丈都喜欢玩鸽子,所以我知道其中的一点儿故典。我没事儿就到两家去看鸽,也不短随着姐丈们到鸽市去玩;他们都比我大着二十多岁。我的经验既是这样来的,而且是幼时的事,恐怕说得不能很完到了:有好多鸽子名已想不起来了。

老舍与北京

鸽的名样很多。以颜色说,大概应以灰、白、黑、紫为基本色儿。可是全灰全白全黑全紫的并不值钱。全灰的是楼鸽,院中撒些米就会来一群;物是以缺者为贵,楼鸽太普罗。有一种比楼鸽小,灰色也浅一些的,才是真正的"灰";但也并不很贵重。全白的,大概就叫"白"吧,我记不清了。全黑的叫黑儿,全紫的叫紫箭,也叫猪血。

猪血们因为羽毛单调,所以不值钱,这就容易想到值钱的必是杂色的。杂色的种类多极了,就我所知道的——并且为清楚起见——可以分作下列的四大类:点子、乌、环、玉翅。点子是白身腔,只在头上有手指肚大的一块黑，或紫；尾是随着头上那个点儿，黑或紫。这叫作黑点子和紫点子。乌与点子相近，不过是头上的黑或紫延长到肩与胸部。这叫黑乌或紫乌。这种又有黑翅的或紫翅的，名铁翅乌或铜翅乌——这比单是乌又贵重一些。还有一种，只有黑头或紫头，而尾是白的，叫作黑乌头或紫乌头；比乌的价钱要贱一些。刚才说过了，乌的头部的黑或紫毛是后齐肩，前及胸的。假若黑或紫毛只是由头顶到肩部，而前面仍是白的，这便叫作老虎帽，因为很像廿年前通行的风帽；这种确是非常的好看，因而价值也就很高。在民国初年，兴了一阵子蓝乌和蓝乌头，头尾如乌，而是灰蓝色儿的。这种并不好看，出了一阵子锋头也就拉倒了。

环，简单的很：全白而项上有一黑圈者叫墨环；反之，全黑而项上有白圈者是玉环。此外有紫环，全白而项上有一紫环。"环"这种鸽似乎永远不大高贵。大概可以这么说，白尾的鸽是不易与黑尾或紫尾的相抗，因为白尾的飞起来不大美。

玉翅是白翅边的。全灰而有两白翅是灰玉翅；还有黑玉翅、紫玉翅。所谓白翅，有个讲究：翅上的白翎是左七右八。能够这样，飞起来才正好，白边儿不过宽，也不过窄。能生成就这样的，自然很少，所以鸽贩常常作假，硬插上一两根，或拔去些，是常有的事。这类中又有变种：玉翅而有白尾的，比如一只黑鸽而有左七右八的白翅翎，同时又是白尾，便叫作三块玉。灰的、紫的，也能这样。要是连头也是白的呢便叫作四块玉了。四块玉是较比有些价值的。

在这四大类之外，还有许多杂色的鸽。如鹤袖，如麻背，都有些价值，可不怎么十分名贵。在北平，差不多是以上述的四大类为主。新种随时有，也能时兴一阵，可都不如这四类重要与长远。

就这四大类说，紫的老比别的颜色高贵。紫色儿不容易长到好处，太深了就遭猪血之诮，太浅了又黄不唧的寒酸。况且还容易长"花了"呢，特别是在尾巴上，翎的末端往往露出白来，像一块癣似的，把个尾

巴就毁了。

紫以下便是黑，其次为灰。可是灰色如只是一点，如灰头、灰环，便又可贵了。

这些鸽中，以点子和乌为"古典的"。它们的价值似乎永远不变，虽然普通，可是老是鸽群之主。这么说吧，飞起四十只鸽，其中有过半的点子和乌，而杂以别种，便好看。反之，则不好看。要是这四十只都是点子，或都是乌，或点子与乌，便能有顶好的阵容。你几乎不能飞四十只环或玉翅。想想看吧：点子是全身雪白，而有个黑或紫的尾，飞起来像群玲珑的白鸥；及至一翻身呢，那黑或紫的尾给这轻洁的白衣一个色彩深厚的裙儿，既轻妙而又厚重。假若是太阳在西边，而东方有些黑云，那就太美了：白翅在黑云下自然分外的白了；一斜身儿呢，黑尾或紫尾——最好是紫尾——迎着阳光闪起一些金光来！点子如是，乌也如是。白尾巴的，无论长得多么体面，飞起来没这种美妙，要不怎么不大值钱呢。铁翅乌或铜翅乌飞起来特别的好看，像一朵花，当中一块白，前后左右都镶着黑或紫，他使人觉得安闲舒适。可是铜翅乌几乎永远不飞，飞不起，贱的也得几十块钱一对儿吧。玩鸽子是满天飞洋钱的事儿，洋钱飞起却是不如在手里牢靠的。

可是，鸽子的讲究儿不专在飞，正如女子出头露脸不专仗着能跑五十米。它得长得俊。先说头吧，平头或峰头（峰读如凤；也许就是凤，而不是峰），便决定了身价的高低。所谓峰头或凤头的，是在头上有一撮立着的毛；平头是光葫芦。自然凤头的是更美，也更贵。峰——或凤——不许有杂毛，黑便全黑，紫便全紫，搀着白的便不够派儿。它得大，而且要像个荷包似的向里包包着。鸽贩常把峰的杂毛剔去，而且把不像荷包的收拾得像荷包。这样收拾好的峰，就怕鸽子洗澡，因为那好看的头饰是用胶粘的。

头最怕鸡头，没有脑杓儿，楞头磕脑的不好看。头须像算盘子儿，圆忽忽的，丰满。这样的头，再加上个好峰，便是标准美了。

眼，得先说眼皮。红眼皮的如害着眼病，当然不美。所以要强的鸽子得长白眼皮。宽宽的白眼皮，使眼睛显着大而有神。眼珠也有讲究，豆眼、隔棱眼，都是要不得的。可惜我离开鸽子们已廿多年，形容不上来豆眼等是什么样子了；有机会到北平去住几天，我还能把它们想起来，到鸽市去两趟就行了。

嘴也很要紧。无论长得多么体面的鸽，来个长嘴，就算完了事。要不怎么，有的鸽虽然很缺少，而总不能名贵呢；因为这种根本没有短嘴的。鸽得有短嘴！厚厚实实的，小墩子嘴，才好看。

头部以外，就得论羽毛如何了。羽毛的深浅，色的支配，都有一定的。老虎帽的帽长到何处，虎头的黑或紫毛应到胸部的何处，都不能随便。出一个好鸽与出一个美人都是历史的光荣。

身的大小，随鸽而异。羽毛单调一些的，像紫箭等，自然是越大越蠢，所以以短小玲珑为贵。像点子与乌什么的，个子大一点也不碍事。不过，嘴儿短，长得娇秀，自然不会发展得很粗大了，所以美丽的鸽往往是小个儿。

大个子的，长嘴儿的，可也有用处。大个子的身强力壮翅子硬，能飞，能尾上戴鸽铃，所以它们是空中的主力军。别的鸽子好看，可供地上玩赏；这些老粗儿们是飞起来才见本事，故尔也还被人爱。长翅儿也有用，孵小鸽子是它们的事：它们的嘴长，"喷"得好——小鸽不会自己吃东西，得由老鸽嘴对嘴的"喷"。再说呢，喷的时候，老的胸部羽毛便糙了；谁也不肯这么牺牲好鸽。好鸽下的蛋，总被人拿来交与丑鸽去孵，丑鸽本来不值钱，身上糙旧一点也没关系。要作鸽就得美呀，不然便很苦了。

有的丑鸽，仿佛知道自己的相貌不扬，便长点特别的本事以与美鸽竞争。有力气戴大鸽铃便是一例。可是有力气还不怎样新奇，所以有的能在空中翻跟头。会翻跟头的鸽在与朋友们一块飞起的时候，能飞着飞着便离群而翻几个跟头，然后再飞上去加入鸽群，然后又独自翻下来。

这很好看，假若它是白色的，就好像由蓝空中落下一团雪来似的。这种鸽的身体很小，面貌可不见得美。它有个标帜，即在项上有一小撮毛儿，倒长着。这一撮倒毛儿好像老在那儿说："你瞧，我会翻跟头！"这种鸽还有个特点，脚上有毛儿，像诸葛亮的羽扇似的。一走，便扑喳扑喳的，很有神气。不会翻跟头的可也有时候长着毛脚。这类鸽多半是全灰全白或全黑的。羽毛不佳，可是有本事呢。

为养毛脚鸽，须盖灰顶的房，不要瓦。因为瓦的棱儿往往伤了毛脚而流出血来。

哎呀！我说"先说鸽子"，已经三千多字了，还没说完！好吧，下回接着说鸽子吧，假若有人爱听。我的题目《小动物们》，似乎也有加上个"鸽"的必要了。

（原载 1935 年 3 月《人间世》第 24 期）

小动物们（鸽）续

养鸽正如养鱼，养鸟，要受许多的辛苦。"不苦不乐"，算是说对了。不过，养鱼，养鸟较比养鸽还和平一些；养鸽是斗气的事儿。是，养鸟也有时候怄气，可鸟儿究竟是在笼子里，跟别的鸟没有直接的接触。鸽子是满天飞的。张家的也飞，李家的也飞，飞到一处而搅乱了是必不可免的。这就得打架。因此，玩别的小玩艺用不着法律，养鸽便得有。这些法律虽不是国家颁布的，可是在玩鸽的人们中间得遵守着。比如说吧，我开始养鸽子，我就得和四邻的"鸽家"们开谈判。交情好的呢，可以规定：彼此谁也不要谁的鸽；假若我的鸽被友家裹了去，他还给我送回来；我对他也这样。这就免去许多战争。假若两家说不来呢，那就对不起了，谁得着是谁的，战争可就无可避免了。有这样的敌人，养鸽等于斗气。你不飞，我也不飞；你的飞起来，我的也马上飞起去，跟你"撞"！"撞"很过瘾，两个鸽阵混成一团，合而复分，分而复合；一会儿我"拉过"你的来，一会儿你又"拉过"我的去，如看拔河一样起劲。谁要是能"得过"一只来，落在自己的房上，便设法用粮食引诱下来，算做自己的战胜品。可是，俘虏是在房上，时时可以飞去；我可就下了毒手，用弩打下来，假若俘虏不受引诱而要逃走。打可得有个分寸，手法要好，讲究恰好打在——用泥弹——鸽的肩头上。肩头受伤，没有性命的危险，可是失了飞翔的能力。于是滚下房来，我用网接住；将养几天，便能好过来。手法笨的，弹中胸部，便一命呜呼；或是弹子虚发，把鸽惊走，是谓泄气。

"撞"实过瘾，可也别扭，我没法训练新鸽与小鸽了。新鸽与小鸽必须有相当的训练才认识自己的家，与见阵不迷头。那么，我每放起鸽去，敌人也必调动人马，那我简直没有训练新军的机会；大胆放出生手，准保叫人家给拉了去。于是，我得早早的起，敛旗息鼓地一声不出

地去操练新军。敌人也会早起呀,这才真叫怄气!得设法说和了,要不然简直得出人命了。

哼,说和却不容易。比如我只有三十只能征惯战的鸽,而敌人有八十只,他才不和我开和平会议呢。没办法,干脆搬家吧。对这样的敌人,万幸我得过他一只来,我必定拿到鸽市去卖;不为钱,为是羞辱他。他也准知道我必到鸽市去,而托鸽贩或旁人把那只买回去,他自己没脸来和我过话。

即使没这种战争,养鸽也非养气之道;鸽时时使你心跳。这么说吧,我有点事要出门,刚走到巷口,见天上有只鸽,飞得两翅已疲,或是惊惶不定,显系飞迷了头;我不能漏这个空,马上飞跑回家,放起我的鸽来裹住这只宝贝。有天大的事也得放下。其实得到手中,也许是只最老丑的糟货,可是多少是个幸头,不能轻易放过。养鸽的人是"满天飞洋钱,两脚踩狗屎",因为老仰首走路也。

训练幼鸽也是很难放心的事,特别是经自己的手孵出来的。头几次飞,简直没把握,有时候眼看着你自己家中孵出的幼鸽,飞到别家去,其伤心不亚于丢失了儿女。

最难堪的是闹"鸦虎子"。"鸦虎子"是一种小鹰,秋冬之际来驻北平,专欺侮鸽子。在这个时节,养鸽的把鸽铃都撤下来,以免鸦虎闻声而来,在放鸽以前,要登高一望,看空中有无此物。及至鸽已飞起,而神气不对,忽高忽低,不正经着飞,便应马上"垫"起一只,使大家落下,以免危险;大概远处有了那个东西。不幸而鸦虎已到,那只有跺脚,而无办法。鸦虎子捉鸽的方法是把鸽群"托"到顶高,高得几乎像燕子那么小了,它才绕上去,单捉一只。它不忙,在鸽群下打旋,鸽们只好往高处飞了。越飞越高,越飞越乏;然后鸦虎猛的往高处一钻,鸽已失魂,紧跟着它往下一"砸",群鸽屁滚尿流,一直地往下掉。可是鸦虎比它们快。于是空中落下一些羽毛,它捉住一只,找清静地方去享受。其余的幸得逃命,不择地而落,不定都落到哪里去呢!幸而有几只碰运气落在家中的房上，亦只顾喘息，如呆如痴，非常的可怜。这个，从始至终，养鸽的是目不敢瞬地看着；只是看着，一点办法没有！鸦虎已走，养鸽的还得等着，等着失落的鸽们回来。一会儿飞回来一只，又待一会儿又回来一只。可是等来等去，未必都能回来，因惊破了胆的鸽是很容易被别家得去的。检点残军，自叹晦气，堂堂七尺之躯会干不过个小小的鸦虎子！

普通的飞法是每天飞三次，每飞一次叫作"一翅儿"。三次的支配大概是每日的早晚中三时，这随天气的冷暖而变动。夏日太热，早晚为宜，午间即不放鸽；冬日自然以午间为宜，因为暖和些。夏天的鸽阵最好看，高处较凉一些，鸽喜高飞；而且没有鸦虎什么的，鸽飞得也稳；鸦虎大概是到别处去避暑了。每要飞一翅儿，是以长竿——竿头拴些碎布或鸡毛——一挥，鸽即飞起。飞起的都是熟鸽，不怕与别家的"撞"。其中最强者，尾系鸽铃，为全军奏乐。飞起来，先擦着房，而后渐次高升，以家中为中心来回地旋转。鸽不在多少，飞起来讲究尾彩配合的好，"盘儿"——即鸽阵——要密，彼此的距离短而旋转得一致。这样有盘儿有精神，悦目。盘儿大而松懈，东一个西一个地乱飞，则招人讥诮。当盘儿飞到相当的时间，则当把生鸽或幼鸽掷于房上，盘儿见此，则往下飞。如欲训练生鸽或幼鸽，即当盘儿下落之际续入，随盘儿飞转几圈，就一齐落于房上，以免丢失。以一鸽或二鸽掷于房上，招盘儿下来，叫做"垫"。

老鸽不限于随盘儿飞，有时被主人携到十数里之外去放，仍能飞回来。有时候卖出去，过一两月还能找到了老家。

养鸽的人家，房脊上摆琉璃瓦两三块，一黄二绿，或二绿一黄，以作标帜。鸽们记得这个颜色与摆法，即不往生地方落。

新鸽买来，用线拢住翅儿，以防飞走。过几天，把翅儿松开些，使能打扑噜而不能高飞，掷之房上，使它认识环境。再过几天，看鸽性是强烈还是温柔而决定松绑的早晚。老鸽绑的日久，幼鸽绑的期短。松绑

以后，就可以试着训练了。

鸽食很简单，通常都用高粱。到换毛的时候或极冷的时候才加些料豆儿。每天喂鸽最好有一定的次数。

住处也不须怎么讲究，普通的是用苇扎成个栅子，栅里再砌起窝来，每一窝放一草筐，够一对鸽住的。最要紧的是要干燥和安全。窝门不结实，或砌的不好，黄鼠狼就会半夜来偷鸽吃。窝干燥清洁，鸽不易得病；如得起病来，传染的很快，那可了不得。

该说鸽市。

对于鸽的食水，我没详说，因为在重要的点上大家虽差不多，可是每人都有自己的手法，不能完全相同；既是玩吗，个人总设法证明自己的方法最好。谈到鸽市，规矩可就是普通的了，示奇立异是行不通的。

在我幼时，天天有鸽市。我记得好像是这样：逢一五是在护国寺的后身，二六是在北新桥，三是土地庙，四是花市，七八是西城车儿胡同，九十是隆福寺外。每逢一五，是否在护国寺后身，我不敢说准了；想了半天，也想不起来。

鸽贩是每天必上市的。他们大约可分三种：第一种是阔手，只简单地拿着一个鸽笼，专买卖中上等的鸽子。第二种，挑着好几个笼，好歹不论，有利就买就卖。第三种是专买破鸽，雏鸽与鸽蛋——送到饭庄当菜用，我最不喜欢这第三种，鸽子一到他们手里就算无望了。顶可怜是雏鸽，羽毛还没长全，可是已能叫人看出是不成材料的货，便入了死笼。雏鸽哆嗦着，被别的鸽压在笼底上，极细弱的叫着！再过几点钟便成了盘中的菜了。

此外，还有一种暗中作买卖而不叫别人知道的，这好像是票友使黑杵，虽已拿钱而不明言。这种人可不甚多。

养鸽的人到市上去，若是卖鸽，便也是提笼。若是去买鸽，既不知准能买到与否，自然不必拿着笼去。只去卖一二只鸽，或是买到一二只，既未提笼，就用手绢捆着鸽。

买鸽的时候，不见得准买一对。家中有只雄的，没有伴儿，便去买只雌的；或者相反。因此，卖鸽的总说"公儿欢，母儿消"。所谓"欢"者，就是公鸽正想择配，见着雌的便咕咕的叫着追求。所谓"消"者，是雌鸽正想出嫁，有公鸽向她求爱，她就点头接受。买到欢公或消母，拿到家中即能马上结婚，不必费事。欢与消可以——若是有笼——当面试验。可是，市上的鸽未必雄的都欢，雌的都消。况且有时两雄或两雌放在一处而充作一对儿卖。这可就得看买主的眼睛了。你本想去买一只欢公，而市上没有；可是有一只，虽不欢，但是合你的意。那么，也就得买这一只；现在不欢，过几天也许就欢起来。你怎么知道那是个公的呢？为买公鸽而去，却买了只母的回来，岂不窝囊得慌！市上是不甚讲道德的，没眼睛的就要受骗。

看鸽是这样的：把鸽拿在左手中，拢着鸽的翅与腿，用右手去托一托鸽的胸。鸽在此时，如瞪眼，即是公；眨眼的，即是母。头大的是公，头小的是母。除辨别公母，鸽在手中也能觉出挺拔与否。真正的行家，拿起鸽来，还能看出鸽的血统正不正来，有的鸽，外表很好，而来路不正，将来下蛋孵窝，未必还能出好鸽。这个，我可不大深知；我没有多少经验。

看完了头部，要用手抒一抒鸽翅，看翅活动与否，有力没有，与是否有伤——有的鸽是被弩弹打过而翅子僵硬不灵的。对于峰，尾，都要吹一吹，细看看；恐怕是假作的。都看好了，才讲价钱。半日之中，鸽受罪不少。所以真正好鸽，如鸽市上去卖，便放在笼内，只准看，不准动手。这显着硬气，可是鸽子的身份得真高；假如弄只破鸽而这么办，必会被人当笑话说。还有呢，好鸽保养的好，身上有一层白霜，像葡萄霜儿那样好看，经手一摸，便把霜儿蹭了去：所以不许动手。可是好鸽上市，即使不许人动，在笼中究竟要受损失，尾巴是最易磨坏的。所以要出手好鸽往往把买主请到家中来看，根本不到市上去。因此，市上实在见不着什么值钱的鸽子。

关于鸽，我想起这么些儿来，离详尽还远得很呢。就是这一点，恐怕还有说错了的地方；二十多年前的事是不易老记得很清楚的。

现在，粮食贵，有闲的人也少了，恐怕就还有养鸽的也不似先前那样讲究了。可是这也没什么可惜。我只是为述说而述说，倒不提倡什么国鸟，国鸽的。

（原载1935年4月《人间世》第26期）

猫

猫的性格实在有些古怪。说它老实吧,它的确有时候很乖。它会找个暖和地方,成天睡大觉,无忧无虑。什么事也不过问。可是,赶到它决定要出去玩玩,就会走出一天一夜,任凭谁怎么呼唤,它也不肯回来。说它贪玩吧,的确是呀,要不怎么会一天一夜不回家呢?可是,及至它听到点老鼠的响动啊,它又多么尽职,闭息凝视,一连就是几个钟头,非把老鼠等出来不拉倒!

它要是高兴,能比谁都温柔可亲:用身子蹭你的腿,把脖儿伸出来要求给抓痒,或是在你写稿子的时候,跳上桌来,在纸上踩印几朵小梅花。它还会丰富多腔地叫唤,长短不同,粗细各异,变化多端,力避单调。在不叫的时候,它还会咕噜咕噜地给自己解闷。这可都凭它的高兴。它若是不高兴啊,无论谁说多少好话,它一声也不出,连半个小梅花也不肯印在稿纸上!它倔强得很!

是,猫的确是倔强。看吧,大马戏团里什么狮子、老虎、大象、狗熊,甚至于笨驴,都能表演一些玩艺儿,可是谁见过耍猫呢?(昨天才听说:苏联的某马戏团里确有耍猫的,我当然还没亲眼见过。)

这种小动物确是古怪。不管你多么善待它,它也不肯跟着你上街去逛逛。它什么都怕,总想藏起来。可是它又那么勇猛,不要说见着小虫和老鼠,就是遇上蛇也敢斗一斗。它的嘴往往被蜂儿或蝎子螫的肿起来。

赶到猫儿们一讲起恋爱来,那就闹得一条街的人们都不能安睡。它们的叫声是那么尖锐刺耳,使人觉得世界上若是没有猫啊,一定会更平静一些。

可是,及至女猫生下两三个棉花团似的小猫啊,你又不恨它了。它是那么尽责地看护儿女,连上房兜兜风也不肯去了。

郎猫可不那么负责，它丝毫不关心儿女。它或睡大觉，或上屋去乱叫，有机会就和邻居们打一架，身上的毛儿滚成了毡，满脸横七竖八都是伤痕，看起来实在不大体面。好在它没有照镜子的习惯，依然昂首阔步，大喊大叫，它匆忙地吃两口东西，就又去挑战开打。有时候，它两天两夜不回家，可是当你以为它可能已经远走高飞了，它却瘸着腿大败而归，直入厨房要东西吃。

过了满月的小猫们真是可爱，腿脚还不甚稳，可是已经学会淘气。妈妈的尾巴，一根鸡毛，都是它们的好玩具，耍上没结没完。一玩起来，它们不知要摔多少跟头，但是跌倒即马上起来，再跑再跌。它们的头撞在门上，桌腿上，和彼此的头上。撞疼了也不哭。

它们的胆子越来越大，逐渐开辟新的游戏场所。它们到院子里来了。院中的花草可遭了殃。它们在花盆里摔跤，抱着花枝打秋千，所过之处，枝折花落。你不肯责打它们，它们是那么生气勃勃，天真可爱呀。可是，你也爱花。这个矛盾就不易处理。

现在，还有新的问题呢：老鼠已差不多都被消灭了，猫还有什么用处呢？而且，猫既吃不着老鼠，就会想办法去偷捉鸡雏或小鸭什么的开开斋。这难道不是问题么？

在我的朋友里颇有些位爱猫的。不知他们注意到这些问题没有？记得二十年前在重庆住着的时候，那里的猫很珍贵，须花钱去买。在当时，那里的老鼠是那么猖狂，小猫反倒须放在笼子里养着，以免被老鼠吃掉。据说，目前在重庆已很不容易见到老鼠。那么，那里的猫呢？是不是已经不放在笼子里，还是根本不养猫了呢？这须打听一下，以备参考。

也记得三十年前，在一艘法国轮船上，我吃过一次猫肉。事前，我并不知道那是什么肉，因为不识法文，看不懂菜单。猫肉并不难吃，虽不甚香美，可也没什么怪味道。是不是该把猫都送往法国轮船上去呢？我很难作出决定。

  猫的地位的确降低了,而且发生了些小问题。可是,我并不为猫的命运多耽什么心思。想想看吧,要不是灭鼠运动得到了很大的成功,消除了巨害,猫的威风怎会减少了呢?两相比较,灭鼠比爱猫更重要的多,不是吗?我想,世界上总会有那么一天,一切都机械化了,不是连驴马也会有点问题吗?可是,谁能因耽忧驴马没有事作而放弃了机械化呢?

(原载1959年8月《新观察》第16期)

母鸡

一向讨厌母鸡。不知怎样受了一点惊恐,听吧,它由前院嘎嘎到后院,由后院再嘎嘎到前院,没完没了,并且没有什么理由;讨厌!有的时候,它不这样乱叫,可是细声细气的,有什么心事似的,颤颤微微的,顺着墙根或沿着田坝,那么扯长了声如怨如诉,使人心中立刻结起个小疙瘩来。

它永远不反抗公鸡。有时候却欺侮那最忠厚的鸭子。更可恶的是遇到另一只母鸡的时候,它会下毒手,趁其不备,狠狠地咬一口,咬下一撮儿毛来。

到下蛋的时候,它差不多是发了狂,恨不能让全世界都知道它这点儿成绩;就是聋子也会被吵得受不下去。

可是,现在我改变了心思!我看见一只孵出一群小雏鸡的母鸡。

不论是在院里,还是在院外,它总是挺着脖儿,表示出世界上并没有可怕的东西。一个鸟儿飞过,或是什么东西响了一声,它立刻警戒起来:歪着头儿听,挺着身儿预备作战;看看前,看看后,咕咕的警告群雏要马上集合到它身边来!

发现了一点儿可吃的东西它咕咕的紧叫,啄一啄那个东西,马上便放下,让它的儿女吃。结果,每一只鸡雏的肚子都圆圆的下垂,像刚装了一两个汤圆儿似的,它自己却削瘦了许多。假若有别的大鸡来抢食,它一定出击,把它们赶出老远;连大公鸡也怕它三分。

它教鸡雏们啄食,掘地,用土洗澡;一天不知教多少多少次。它还半蹲着——我想这是相当劳累的——教它们挤在它的翅下,胸下,得一点温暖。它若伏在地上,鸡雏们有的便爬到它的背上,啄它的头或别的地方,它一声也不哼。

在夜间若有什么动静,它便放声号叫,顶尖锐,顶凄惨,使任何贪

睡的人也得起来看看,是不是有了黄鼠狼。

它负责,慈爱,勇敢,辛苦,因为它有了一群鸡雏。它伟大,因为它是鸡母亲。一个母亲必定就是一位英雄!

我不敢再讨厌母鸡了!

(原载 1942 年 5 月 30 日《时事新报》)

养花

我爱花，所以也爱养花。我可还没成为养花专家，因为没有工夫去作研究与试验。我只把养花当作生活中的一种乐趣，花开得大小好坏都不计较，只要开花，我就高兴。在我的小院中，到夏天，满是花草，小猫儿们只好上房去玩耍，地上没有它们的运动场。

花虽多，但无奇花异草。珍贵的花草不易养活，看着一棵好花生病欲死是件难过的事。我不愿时时落泪。北京的气候，对养花来说，不算很好。冬天冷，春天多风，夏天不是干旱就是大雨倾盆；秋天最好，可是忽然会闹霜冻。在这种气候里，想把南方的好花养活，我还没有那么大的本事。因此，我只养些好种易活、自己会奋斗的花草。

不过，尽管花草自己会奋斗，我若置之不理，任其自生自灭，它们多数还是会死了的。我得天天照管它们，像好朋友似的关切它们。一来二去，我摸着一些门道：有的喜阴，就别放在太阳地里，有的喜干，就别多浇水。这是个乐趣，摸住门道，花草养活了，而且三年五载老活着、开花，多么有意思呀！不是乱吹，这就是知识呀！多得些知识，一定不是坏事。

我不是有腿病吗，不但不利于行，也不利于久坐。我不知道花草们受我的照顾，感谢我不感谢；我可得感谢它们。在我工作的时候，我总是写了几十个字，就到院中去看看，浇浇这棵，搬搬那盆，然后回到屋中再写一点，然后再出去，如此循环，把脑力劳动与体力劳动结合到一起，有益身心，胜于吃药。要是赶上狂风暴雨或天气突变哪，就得全家动员，抢救花草，十分紧张。几百盆花，都要很快地抢到屋里去，使人腰酸腿疼，热汗直流。第二天，天气好转，又得把花儿都搬出去，就又一次腰酸腿疼，热汗直流。可是，这多么有意思呀！不劳动，连棵花儿也养不活，这难道不是真理么？

  送牛奶的同志，进门就夸"好香"！这使我们全家都感到骄傲。赶到昙花开放的时候，约几位朋友来看看，更有秉烛夜游的神气——昙花总在夜里放蕊。花儿分根了，一棵分为数棵，就赠给朋友们一些；看着友人拿走自己的劳动果实，心里自然特别喜欢。

  当然，也有伤心的时候，今年夏天就有这么一回。三百株菊秧还在地上（没到移入盆中的时候），下了暴雨。邻家的墙倒了下来，菊秧被砸死者约三十多种，一百多棵！全家都几天没有笑容！

  有喜有忧，有笑有泪，有花有实，有香有色，既须劳动，又长见识，这就是养花的乐趣。

（原载 1956 年 10 月 21 日《文汇报》）

我的"话"

二十岁以前，我说纯粹的北平话。二十岁以后，糊口四方，虽然并不很热心去学各地的方言，可是自己的言语渐渐有了变动：一来是久离北平，忘记了许多北平人特有的语调词汇；二来是听到别处的语言，感觉到北平话，特别是在腔调上，有些太飘浮的地方，就故意的去避免。于是，一来二去，我的话就变成一种稍稍忘记过、矫正过的北平话了。大体上说，我说的是北平话，而且相当的喜爱它。

三十岁左右的五年中，住在英国。因为岁数稍大，和没有学习语文的天才，所以并没能把英语学习好。有一个时期，还学习了一点拉丁和法文，也因脑子太笨而没有什么成绩。不过，我总算与外国语言接触过了。在上一段中，我说明了怎样因与国内的方言接触，而稍稍改变了自己的北平话；在这里，就是与外国语接触之后，我便拿北平话——因为我只会讲北平话——去代表中国话，而与外国话比较了。

最初，因英语中词汇的丰富，文法的复杂，我感到华语的枯窘简陋。在偶尔练习一点翻译的时候，特别使我痛苦：找不着适当的字啊！把完好的句子都拆毁了啊！我鄙视我的北平话了！

后来，稍稍学了一点拉丁及法文，我就更爱英文，也就翻回头来更爱华语了，因为以英文和拉丁或法文比较，才知道英文的简单正是语言的进步，而不是退化；那么以华语和英语比较，华语的惊人的简单，也正是它的极大的进步。

及至我读了些英文文艺名著之后，我更明白了文艺风格的劲美，正是仗着简单自然的文字来支持，而不必要花枝招展，华丽辉煌。英文《圣经》，与狄福①、司威夫特等名家的作品，都是用了最简劲自然的，也是最好的文字。

---

① 狄福：通译笛福，英国小说家。

这时候，正是我开始学习写小说的时候；所以，我一下手便拿出我自幼儿用惯了的北平话。在第一二本小说中，我还有时候舍不得那文雅的华贵的词汇；在文法上，有时候也不由得写出一二略为欧化的句子来。及至我读了《艾丽司漫游奇境记》等作品之后，我才明白了用儿童的语言，只要运用得好，也可以成为文艺佳作。我还听说，有人曾用"基本英文"改写文艺杰作，虽然用字极少，也还能保持住不少的文艺性；这使我有了更大的胆量，去脱了华艳的衣衫，而露出文字的裸体美来。在当代的名著中，英国写家们时常利用方言；按照正规的英文法程来判断这些方言，它们的文法是不对的，可是这些语言放在文艺作品中，自有它们的不可忽视的力量，绝对不是任何其他语言可以代替的。是的，它们的确与正规文法不合，可是它们原本有自己的文法啊！你要用它，就得承认它的独立与自由，因为它自有它自己的生命。假若你只采取它一两个现成的字，而不肯用它的文法，你就只能得到它的一点小零碎来作装饰，而得不到它的全部生命的力量。因此，我自己的笔也逐渐的、日深一日的，去沾那活的、自然的、北平话的血汁，不想借用别人的文法来装饰自己了。我不知道这合理与否，我只觉得这个作法给我不少的欣喜，使我领略到一点创作的乐趣。看，这是我自己的想象，也是我自己的语言哪！

　　避免欧化的句子是不容易的。我们自己的文法是那么简单，简直没有法子把一句含意复杂的话说得圆满呀！可是，我还是设法去避免，我会把一长句拆开来说，还教它好听，明白，生动。把含意复杂的一长句拆开来说，恐怕就不能完全传达那个长句所要表现的意思了，句子的形式既变，意思恐怕也就或多或少总有些变动；即使能够不多不少的恰切原意，那句子形式的变动也会使情调语气随着改变。于此，欧化的语句有时候是必不能舍弃的，特别是在说理的文章里。不过，我自己不大写说理的文章，我所写的大多数是诗歌小说之类的东西。这类的东西需要写得美好，简劲，有感动力。那么，语言之美是独特的无法借

用，有不得不在自己的语言中探索其美点者。谈到简劲，中国言语恰恰天然的不会把句子拉长；强使之长，一句中有若干"底"，"地"，与"的"，或许能于一句中表达迂回复杂的意念，有如上述；但在文艺作品中这必然的会使气势衰沉，而且只能看而不能读，给诗歌与戏剧中的对话一个致命伤。在一个哲学家口中，他也许只求他的话能使人作深思，而不管它是多么别扭、生硬、冗长，文艺家便不敢这么冒险，因为他虽然也愿使人深思细想，可是他必定是用从心眼中发出来的最有力、最扼要、最动人的言语，使人咂摸着人情世态，含泪或微笑着去作深思。他要先感动人。这从心眼中掏出来的言语，必是极简单、极自然、极通俗的。媳妇哭婆婆，或许用点儿修辞；当她哭自己的儿女的时候，她只叫一两声"我的肉"，而昏倒了！文字的感动力是来自在某个场合中必然的说某种话——这个话是最普遍常用的，绝难借用外国文法的。一个哲学家，与一个工友，在他痛苦的时节，是同样的只会叫"妈"的。

　　我明白了上述的一点道理——对不对，我可不敢说——我就决定放弃了翻译工作。这工作是极要紧的，但是它使我太痛苦——顾了自己，便损害了别人；顾及别人，便失落了自己。言语的不同没法使彼此尽欢而散。同时，我写作小说也就更求与口语相合，把修辞看成怎样能从最通俗的浅近的词汇去描写，而不是找些漂亮文雅的字来漆饰。用字如此，句子也力求自然，在自然中求其悦耳生动。我愿在纸上写的和从口中说的差不多。到了这个地步，有时候我颇后悔我曾经矫正过自己的北平话了：有许多好的词汇，好的句法，因为怕别人不懂而不用，乃至渐渐的忘记了。是的，中国话确是太简单了，词与字真是太不够用了；把文言与白话掺合起来用，或者还能勉强应付；可是我立志要写白话，不借助于文言，岂不是自找苦吃？况且，我又忘了许多北平话呢！

　　我要恢复我的北平话。它怎么说，我便怎么写。怕别人不懂吗？

加注解呀。无论怎说,地方语言运用得好,总比勉强的用四不像的、毫无精力的、普通官话强得多。至于借用外国文法,我不反对别人去试验,我自己可是还无暇及此,因为我还没能把自己的语言运用得很好哇!先把握住自己的话,而后再添加外来的材料,也许更牢靠一些。

近来有件伤心的事:我练习着写诗,把自己憋得半死!我知道,诗是语言的结晶。我写的是白话诗,自然须是白话的结晶。可是,这结晶不成;知道的白话是那么少啊!而且所知道的那一些,又运用得那么拙笨啊!我还是不敢多向外国语求救,可是文言不住的对我招手。我本想置之不理,给它个冷肩膀吃。但是,没了米,也只好吃面粉了,还能饿着吗?唉。对白话我有点不忠之罪!是白话不够用吗?是白话不配上诗的园里去吗?都不是!是自己无才,而且有点偷懒啊!我以为,从诗的言语上说,假若"刁骚","歧路","原野","涟漪"……等无聊的词汇不被铲除了去,白话诗或者老是一片草地,而排列着许多坟头儿,永远成不了美丽的林园。

不过,近来也有桩可喜的事:我在练习写话剧。话剧太难写了,我当然不会一蹴而成功。但是,且不管剧中旁的一切,单就对话来说,实在使我快活。我没有统计过,在一出三幕或四幕剧中,用过多少个字。我可是直觉的感到,我用字很少,因为在写剧的时节,我可以充分地去想象:某个人在某时某地须说什么话,而这些话必定要立竿见影的发生某种效果;用不着转文,也用不着多加修饰,言语是心之声,发出心声,则一呼一啾都能感人。在这里,我留神语言的自然流露,远过于文法的完整;留神音调的美妙,远过于修辞的选择。剧中人口里的一个"哪"或"吗",安排得当,比完整而无力的一大句话,要收更多的效果。在这里,才真真的不是作文,而是讲话。话语的本来的文法,在此万不能移动;话语的音节腔调之美,在此须充分的发扬。剧中人所讲的是生命与生活中的话语,不是在背诵文章。

我没有学习语言的天才，故对语言的比较也就没有任何研究。我也没研究过文法，而只知道自己口中所说的话自有文法，很难改创。对语文既无所知，可是还要谈论到它们，不过是本着自己学习写作的经验说说实话而已，说不定就是一片胡言啊！

（原载1941年6月16日《文艺月刊》6月号）

"住"的梦

在北平与青岛住家的时候,我永远没想到过:将来我要住在什么地方去。在乐园里的人或者不会梦想另辟乐园吧。

在抗战中,在重庆与它的郊区住了六年。这六年的酷暑重雾,和房屋的不像房屋,使我会作梦了。我梦想着抗战胜利后我应去住的地方。

不管我的梦想能否成为事实,说出来总是好玩的:

春天,我将要住在杭州。二十年前,我到过杭州,只住了两天。那是旧历的二月初,在西湖上我看见了嫩柳与菜花,碧浪与翠竹。山上的光景如何?没有看到。三四月的莺花山水如何,也无从晓得。但是,由我看到的那点春光,已经可以断定杭州的春天必定会教人整天生活在诗与图画中的。所以,春天我的家应当是在杭州。

夏天,我想青城山应当算作最理想的地方。在那里,我虽然只住过十天,可是它的幽静已拴住了我的心灵。在我所看见过的山水中,只有这里没有使我失望。它并没有什么奇峰或巨瀑,也没有多少古寺与胜迹,可是,它的那一片绿色已足使我感到这是仙人所应住的地方了。到处都是绿,而且都是像嫩柳那么淡,竹叶那么亮,蕉叶那么润,目之所及,那片淡而光润的绿色都在轻轻的颤动,仿佛要流入空中与心中去似的。这个绿色会像音乐似的,涤清了心中的万虑,山中有水,有茶,还有酒。早晚,即使在暑天,也须穿起毛衣。我想,在这里住一夏天,必能写出一部十万到二十万的小说。

假若青城去不成,求其次者才提到青岛。我在青岛住过三年,很喜爱它。不过,春夏之交,它有雾,虽然不很热,可是相当的湿闷。再说,一到夏天,游人来的很多,失去了海滨上的清静。美而不静便至少失去一半的美。最使我看不惯的是那些喝醉的外国水兵与差不多是

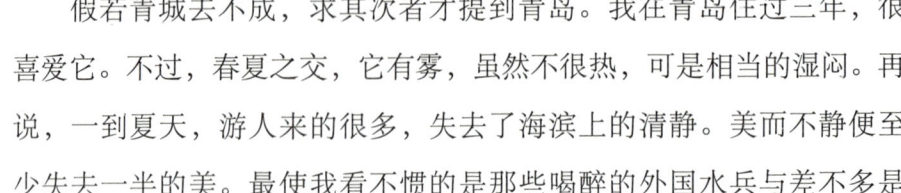

裸体的，而没有曲线美的妓女。秋天，游人都走开，这地方反倒更可爱些。

不过，秋天一定要住北平。天堂是什么样子，我不晓得，但是从我的生活经验去判断，北平之秋便是天堂。论天气，不冷不热。论吃食，苹果，梨，柿，枣，葡萄，都每样有若干种。至于北平特产的小白梨与大白海棠，恐怕就是乐园中的禁果吧，连亚当与夏娃见了，也必滴下口水来！果子而外，羊肉正肥，高粱红的螃蟹刚好下市，而良乡的栗子也香闻十里。论花草，菊花种类之多，花式之奇，可以甲天下。西山有红叶可见，北海可以划船——虽然荷花已残，荷叶可还有一片清香。衣食住行，在北平的秋天，是没有一项不使人满意的。即使没有余钱买菊吃蟹，一两毛钱还可以爆二两羊肉，弄一小壶佛手露啊！

冬天，我还没有打好主意，香港很暖和，适于我这贫血怕冷的人去住，但是"洋味"太重，我不高兴去。广州，我没有到过，无从判断。成都或者相当的合适，虽然并不怎样和暖，可是为了水仙，素心腊梅，各色的茶花，与红梅绿梅，仿佛就受一点寒冷，也颇值得去了。昆明的花也多，而且天气比成都好，可是旧书铺与精美而便宜的小吃食远不及成都的那么多，专看花而没有书读似乎也差点事。好吧，就暂时这么规定：冬天不住成都便住昆明吧。

在抗战中，我没能发了国难财。我想，抗战结束以后，我必能阔起来，唯一的原因是我是在这里说梦。既然阔起来，我就能在杭州，青城山，北平，成都，都盖起一所中式的小三合房，自己住三间，其余的留给友人们住。房后都有起码是二亩大的一个花园，种满了花草；住客有随便折花的，便毫不客气的赶出去。青岛与昆明也各建小房一所，作为候补住宅。各处的小宅，不管是什么材料盖成的，一律叫作"不会草堂"——在抗战中，开会开够了，所以永远"不会"。

那时候,飞机一定很方便,我想四季搬家也许不至于受多大苦处的。假若那时候飞机减价,一二百元就能买一架的话,我就自备一架,择黄道吉日慢慢的飞行。

(原载1945年5月《民主世界》第2期)

西红柿

所谓番茄炒虾仁的番茄,在北平原叫作西红柿,在山东各处则名为洋柿子,或红柿子。想当年我还梳小辫,系红头绳的时候,西红柿还没有番茄这点威风。它的价值,在那不文明的时代,不过与"赤包儿"相等,给小孩子们拿着玩玩而已。大家作"娶姑娘扮姐姐"玩耍的时节,要在小板凳上摆起几个红胖发亮的西红柿,当作喜筵,实在漂亮。可是,它的价值只是这么点,而且连这一点还不十分稳定,至于在大小饭铺里,它是完全没有份儿的。这种东西,特别是在叶子上,有些不得人心的臭味——按北平的话说,这叫作"青气味儿"。所谓"青气味儿",就是草木发出来的那种不好闻的味道,如楮树叶儿和一些青草,都是有此气味的。可怜的西红柿,果实是那么鲜丽,而被这个味儿给累住,像个有狐臭的美人。不要说是吃,就是当"花儿"看,它也是没有"凉水茄","番椒"等那种可以与美人蕉,翠雀儿等草花同在街上售卖的资格。小孩儿拿它玩耍,仿佛也是出于不得已;这种玩艺儿好玩不好吃,不像落花生或枣子那样可以"吃玩两便"。其实呢,西红柿的味道并不像它的叶子那么臭恶,而且不比臭豆腐难吃,可是那股青气味儿到底要了它的命。除了这点味道,恐怕它的失败在于它那点四不像的劲儿:拿它当果子看待,它甜不如果,脆不如瓜;拿它当菜吃,煮熟之后屁味没有,稀松一堆,没点"嚼头";它最宜生吃,可是那股味儿,不果不瓜不菜,亦可以休矣!

西红柿转运是在近些年,"番茄"居然上了菜单,由英法大菜馆而渐渐侵入中国饭铺,连山东馆子也要报一报"番茄虾银(仁)儿"!文化的侵略哟,门牙也挡不住呀!可是细一看呢,饭馆里的番茄这个与那个,大概都是加上了点番茄汁儿,粉红怪可看,且不难吃;至于整个的鲜番茄,还没多少人肯大嘴的啃。肯生吞它的,或者还得算留过洋的人

们和他们的儿女,到底他们的洋味地道些。近来西医宣传西红柿里含有维他命 A 至 W,可是必须生吃,这倒有点别扭。不过呢,国人是注意延年益寿,滋阴补肾的东西,或者这点青气味儿也不难于习惯下来的;假如国医再给证明一下:番茄加鹿茸可以壮阳种子,我想它的前途正自未可限量咧。

(原载 1935 年 7 月 14 日《青岛民报》)

第二辑

- 宗月大师
- 我的母亲
- 买彩票
- 有声电影
  ……

导读

生命的教育

四川大学 文学博士 丁晓妮

如果说第一辑主写风物，那这一辑则主写人情。老舍借文字所流露出的个性和人生态度，也可以在这一辑中寻觅到踪迹。老舍在《自传》中说自己"无父无君，孝爱母亲"，母亲给了老舍"生命的教育"，这教育不是言传的而是身教的。平静的语调，细致的描绘，简洁的言辞，刻画出了母亲坚韧、辛苦、委屈的一生。母亲的个性是"泪往心中落"，这一"软而硬的个性"也传给了老舍。其实，"泪往心中落"不仅是老舍的个性，也是老舍文字的特征，他从不号啕大哭撕心裂肺，更不大喊大叫张狂撒野，他的悲哀凄凉都是悠悠的，淡淡的，隐忍的，藏在笑影底下，靠有心的人默默去品咂。

老舍热爱生活，喜欢简单的人和事，更能在辛劳中发现常人不易感知的喜悦。他喜欢宗月大师总是红红的脸庞和响亮的声音，赞赏他豁达从容的人生态度，而不去品评他的得或失（《宗月大师》）；《买彩票》，写尽小老百姓日常生活的艰辛，和苦中作乐渴望改变生活的那一点儿盼头，即使破灭了，却并不就消沉颓然，日子仍然踏踏实实过下去；一大家子闹闹嚷嚷去看电影，精彩到简直是一部紧凑的短剧，声情并茂，活灵活现（《有声电影》）；写自己的家庭生活，小孩子的活泼调皮，那段作家自己刚刚想起一句"愧死莎士比亚"好文字，女儿却来拉拉肘低声说"上公园看猴"，其中的乐趣，简直叫人喷饭（《有了小孩以后》）。

每个人都有自己独特的生命轨迹，其中的悲喜起落，很多都是好的故事。但只有作家，可以将生命的悲喜在岁月中沉淀了，凝成有美感的文字，展现给读者。写故事的人，与看故事的人，就因为这真实的生命感怀，获得刹那且悠久的交会。

宗月大师

在我小的时候，我因家贫而身体很弱。我九岁才入学。因家贫体弱，母亲有时候想教我去上学，又怕我受人家的欺侮，更怕交不上学费，所以一直到九岁我还不识一个字。说不定，我会一辈子也得不到读书的机会。因为母亲虽然知道读书的重要，可是每月间三四吊钱的学费，实在让她为难。母亲是最喜脸面的人。她迟疑不决，光阴又不等待着任何人，荒来荒去，我也许就长到十多岁了。一个十多岁的贫而不识字的孩子，很自然的去作个小买卖——弄个小筐，卖些花生，煮豌豆，或樱桃什么的。要不然就是去学徒。母亲很爱我，但是假若我能去作学徒，或提篮沿街卖樱桃而每天赚几百钱，她或者就不会坚决的反对。穷困比爱心更有力量。

有一天刘大叔偶然的来了。我说"偶然的"，因为他不常来看我们。他是个极富的人，尽管他心中并无贫富之别，可是他的财富使他终日不得闲，几乎没有工夫来看穷朋友。一进门，他看见了我。"孩子几岁了？上学没有？"他问我的母亲。他的声音是那么洪亮（在酒后，他常以学喊俞振庭的《金钱豹》自傲），他的衣服是那么华丽，他的眼是那么亮，他的脸和手是那么白嫩肥胖，使我感到我大概是犯了什么罪。我们的小屋，破桌凳，土炕，几乎禁不住他的声音的震动。等我母亲回答完，刘大叔马上决定："明天早上我来，带他上学，学钱、书籍，大姐你都不必管！"我的心跳起多高，谁知道上学是怎么一回事！

第二天，我像一条不体面的小狗似的，随着这位阔人去入学。学校是一家改良私塾，在离我的家有半里多地的一座道士庙里。庙不甚大，而充满了各种气味：一进山门先有一股大烟味，紧跟着便是糖精味（有一家熬制糖球糖块的作坊），再往里，是厕所味，与别的臭味。学校是在大殿里。大殿两旁的小屋住着道士，和道士的家眷。大殿里很黑，很

冷。神像都用黄布挡着，供桌上摆着孔圣人的牌位。学生都面朝西坐着，一共有三十来人。西墙上有一块黑板——这是"改良"私塾。老师姓李，一位极死板而极有爱心的中年人。刘大叔和李老师"嚷"了一顿，而后教我拜圣人及老师。老师给了我一本《地球韵言》和一本《三字经》。我于是，就变成了学生。

自从作了学生以后，我时常的到刘大叔的家中去。他的宅子有两个大院子，院中几十间房屋都是出廊的。院后，还有一座相当大的花园。宅子的左右前后全是他的房屋，若是把那些房子齐齐的排起来，可以占半条大街。此外，他还有几处铺店。每逢我去，他必招呼我吃饭，或给我一些我没有看见过的点心。他绝不以我为一个苦孩子而冷淡我，他是阔大爷，但是他不以富傲人。

在我由私塾转入公立学校去的时候，刘大叔又来帮忙。这时候，他的财产已大半出了手。他是阔大爷，他只懂得花钱，而不知道计算。人们吃他，他甘心教他们吃；人们骗他，他付之一笑。他的财产有一部分是卖掉的，也有一部分是被人骗了去的。他不管；他的笑声照旧是洪亮的。

到我在中学毕业的时候，他已一贫如洗，什么财产也没有了，只剩下那个后花园。不过，在这个时候，假若他肯用用心思，去调整他的产业，他还能有办法教自己丰衣足食，因为他的好多财产是被人家骗了去的。可是，他不肯去请律师。贫与富在他心中是完全一样的。假若在这时候，他要是不再随便花钱，他至少可以保住那座花园，和城外的地产。可是，他好善。尽管他自己的儿女受着饥寒，尽管他自己受尽折磨，他还是去办贫儿学校，粥厂，等等慈善事业。他忘了自己。就是在这个时候，我和他过往的最密。他办贫儿学校，我去作义务教师。他施舍粮米，我去帮忙调查及散放。在我的心里，我很明白：放粮放钱不过只足延长贫民的受苦难的日期，而不足以阻拦住死亡。但是，看刘大叔那么热心，那么真诚，我就顾不得和他辩论，而只好

也出点力了。即使我和他辩论,我也不会得胜,人情是往往能战败理智的。

在我出国以前,刘大叔的儿子死了。而后,他的花园也出了手。他入庙为僧,夫人和小姐入庵为尼。由他的性格来说,他似乎势必走入避世学禅的一途。但是由他的生活习惯上来说,大家总以为他不过能念念经,布施布施僧道而已,而绝对不会受戒出家。他居然出了家。在以前,他吃的是山珍海味,穿的是绫罗绸缎。他也嫖也赌。现在,他每日一餐,入秋还穿着件夏布道袍。这样苦修,他的脸上还是红红的,笑声还是洪亮的。对佛学,他有多么深的认识,我不敢说。我却真知道他是个好和尚,他知道一点便去作一点,能作一点便作一点。他的学问也许不高,但是他所知道的都能见诸实行。

出家以后,他不久就作了一座大寺的方丈。可是没有好久就被驱逐出来。他是要作真和尚,所以他不惜变卖庙产去救济苦人。庙里不要这种方丈。一般的说,方丈的责任是要扩充庙产,而不是救苦救难的。离开大寺,他到一座没有任何产业的庙里作方丈。他自己既没有钱,他还须天天为僧众们找到斋吃。同时,他还举办粥厂等等慈善事业。他穷,他忙,他每日只进一顿简单的素餐,可是他的笑声还是那么洪亮。他的庙里不应佛事,赶到有人来请,他便领着僧众给人家去唪真经,不要报酬。他整天不在庙里,但是他并没忘了修持;他持戒越来越严,对经义也深有所获。他白天在各处筹钱办事,晚间在小室里作工夫。谁见到这位破和尚也不曾想到他会是个在金子里长起来的阔大爷。

去年,有一天他正给一位圆寂了的和尚念经,他忽然闭上了眼,就坐化了。火葬后,人们在他的身上发现许多舍利。

没有他,我也许一辈子也不会入学读书。没有他,我也许永远想不起帮助别人有什么乐趣与意义。他是不是真的成了佛?我不知道。但是,我的确相信他的居心与苦行是与佛极相近似的。我在精神上物质上

都受过他的好处,现在我的确愿意他真的成了佛,并且盼望他以佛心引领我向善,正像在三十五年前,他拉着我去入私塾那样!

他是宗月大师。

(原载1940年1月23日《华西日报》)

我的母亲

母亲的娘家是北平德胜门外,土城儿外边,通大钟寺的大路上的一个小村里。村里一共有四五家人家,都姓马。大家都种点不十分肥美的地,但是与我同辈的兄弟们,也有当兵的,作木匠的,作泥水匠的,和当巡警的。他们虽然是农家,却养不起牛马,人手不够的时候,妇女便也须下地作活。

对于姥姥家,我只知道上述的一点。外公外婆是什么样子,我就不知道了,因为他们早已去世。至于更远的族系与家史,就更不晓得了;穷人只能顾眼前的衣食,没有功夫谈论什么过去的光荣;"家谱"这字眼,我在幼年就根本没有听说过。

母亲生在农家,所以勤俭诚实,身体也好。这一点事实却极重要,因为假若我没有这样的一位母亲,我之为我恐怕也就要大大的打个折扣了。

母亲出嫁大概是很早,因为我的大姐现在已是六十多岁的老太婆,而我的大外甥女还长我一岁啊。我有三个哥哥,四个姐姐,但能长大成人的,只有大姐,二姐,三姐,三哥与我。我是"老"儿子。生我的时候,母亲已有四十一岁,大姐二姐已都出了阁。

由大姐与二姐所嫁入的家庭来推断,在我生下之前,我的家里,大概还马马虎虎的过得去。那时候定婚讲究门当户对,而大姐丈是作小官的,二姐丈也开过一间酒馆,他们都是相当体面的人。

可是,我,我给家庭带来了不幸:我生下来,母亲晕过去半夜,才睁眼看见她的老儿子——感谢大姐,把我揣在怀中,致未冻死。

一岁半,我把父亲"剋"死了。

哥不到十岁,三姐十二三岁,我才一岁半,全仗母亲独力抚养了。父亲的寡姐跟我们一块儿住,她吸鸦片,她喜摸纸牌,她的脾气极坏。

为我们的衣食，母亲要给人家洗衣服，缝补或裁缝衣裳。在我的记忆中，她的手终年是鲜红微肿的。白天，她洗衣服，洗一两大绿瓦盆。她作事永远丝毫也不敷衍，就是屠户们送来的黑如铁的布袜，她也给洗得雪白。晚间，她与三姐抱着一盏油灯，还要缝补衣服，一直到半夜。她终年没有休息，可是在忙碌中她还把院子屋中收拾得清清爽爽。桌椅都是旧的，柜门的铜活久已残缺不全，可是她的手老使破桌面上没有尘土，残破的铜活发着光。院中，父亲遗留下的几盆石榴与夹竹桃，永远会得到应有的浇灌与爱护，年年夏天开许多花。

哥哥似乎没有同我玩耍过。有时候，他去读书；有时候，他去学徒；有时候，他也去卖花生或樱桃之类的小东西。母亲含着泪把他送走，不到两天，又含着泪接他回来。我不明白这都是什么事，而只觉得与他很生疏。与母亲相依如命的是我与三姐。因此，他们作事，我老在后面跟着。她们浇花，我也张罗着取水；他们扫地，我就撮土……从这里，我学得了爱花，爱清洁，守秩序。这些习惯至今还被我保存着。

有客人来，无论手中怎么窘，母亲也要设法弄一点东西去款待。舅父与表哥们往往是自己掏钱买酒肉食，这使她脸上羞得飞红，可是殷勤的给他们温酒作面，又给她一些喜悦。遇上亲友家中有喜丧事，母亲必把大褂洗得干干净净，亲自去贺吊——份礼也许只是两吊小钱。到如今为我的好客的习性，还未全改，尽管生活是这么清苦，因为自幼儿看惯了的事情是不易改掉的。

姑母常闹脾气。她单在鸡蛋里找骨头。她是我家中的阎王。直到我入了中学，她才死去，我可是没有看见母亲反抗过。"没受过婆婆的气，还不受大姑子的吗？命当如此！"母亲在非解释一下不足以平服别人的时候，才这样说。是的，命当如此。母亲活到老，穷到老，辛苦到老，全是命当如此。她最会吃亏。给亲友邻居帮忙，她总跑在前面：她会给婴儿洗三——穷朋友们可以因此少花一笔"请姥姥"钱——她会刮痧，她会给孩子们剃头，她会给少妇们绞脸……凡是她能作的，都有求必应。但是吵嘴打架，永远没有她。她宁吃亏，不逗气。当姑母死去的时候，母亲似乎把一世的委屈都哭了出来，一直哭到坟地。不知道哪里来的一位侄子，声称有承继权，母亲便一声不响，教他搬走那些破桌子烂板凳，而且把姑母养的一只肥母鸡也送给他。

可是，母亲并不软弱。父亲死在庚子闹"拳"的那一年。联军入城，挨家搜索财物鸡鸭，我们被搜两次。母亲拉着哥哥与三姐坐在墙根，等着"鬼子"进门，街门是开着的。"鬼子"进门，一刺刀先把老黄狗刺死，而后入室搜索。他们走后，母亲把破衣箱搬起，才发现了我。假若箱子不空，我早就被压死了。皇上跑了，丈夫死了，鬼子来了，满城是血光火焰，可是母亲不怕，她要在刺刀下，饥荒中，保护着儿女。北平有多少变乱啊，有时候兵变了，街市整条的烧起，火团落在我们院中。有时候内战了，城门紧闭，铺店关门，昼夜响着枪炮。这惊恐，这紧张，再加上一家饮食的筹划，儿女安全的顾虑，岂是一个软弱的老寡妇所能受得起的？可是，在这种时候，母亲的心横起来，她不慌不哭，要从无办法中想出办法来。她的泪会往心中落！这点软而硬的个性，也传给了我。我对一切人与事，都取和平的态度，把吃亏看作当然的。但是，在作人上，我有一定的宗旨与基本的法则，什么事都可将就，而不能超过自己画好的界限。我怕见生人，怕办杂事，怕出头露面；但是到了非我去不可的时候，我便不敢不去，正像我的母亲。从私塾到小学，到中学，我经历过起码有二十位教师吧，其中有给我很大影响的，也有毫无影响的，但是我的真正的教师，把性格传给我的，是我的母亲。母亲并不识字，她给我的是生命的教育。

当我在小学毕了业的时候，亲友一致的愿意我去学手艺，好帮助母亲。我晓得我应当去找饭吃，以减轻母亲的勤劳困苦。可是，我也愿意升学。我偷偷的考入了师范学校——制服，饭食，书籍，宿处，都由学校供给。只有这样，我才敢对母亲提升学的话。入学，要交十圆的保证金。这是一笔巨款！母亲作了半个月的难，把这巨款筹到，而后含泪把

我送出门去。她不辞劳苦，只要儿子有出息。当我由师范毕业，而被派为小学校校长，母亲与我都一夜不曾合眼。我只说了句："以后，您可以歇一歇了！"她的回答只有一串串的眼泪。我入学之后，三姐结了婚。母亲对儿女是都一样疼爱的，但是假若她也有点偏爱的话，她应当偏爱三姐，因为自父亲死后，家中一切的事情都是母亲和三姐共同撑持的。三姐是母亲的右手。但是母亲知道这右手必须割去，她不能为自己的便利而耽误了女儿的青春。当花轿来到我们的破门外的时候，母亲的手就和冰一样的凉，脸上没有血色——那是阴历四月，天气很暖。大家都怕她晕过去。可是，她挣扎着，咬着嘴唇，手扶着门框，看花轿徐徐的走去。不久，姑母死了。三姐已出嫁，哥哥不在家，我又住学校，家中只剩母亲自己。她还须自晓至晚的操作，可是终日没人和她说一句话。新年到了，正赶上政府倡用阳历，不许过旧年。除夕，我请了两小时的假。由拥挤不堪的街市回到清炉冷灶的家中。母亲笑了。及至听说我还须回校，她愣住了。半天，她才叹出一口气来。到我该走的时候，她递给我一些花生，"去吧，小子！"街上是那么热闹，我却什么也没看见，泪遮迷了我的眼。今天，泪又遮住了我的眼，又想起当日孤独的过那凄惨的除夕的慈母。可是慈母不会再候盼着我了，她已入了土！

儿女的生命是不依顺着父母所设下的轨道一直前进的，所以老人总免不了伤心。我二十三岁，母亲要我结了婚，我不要。我请来三姐给我说情，老母含泪点了头。我爱母亲，但是我给了她最大的打击。时代使我成为逆子。二十七岁，我上了英国。为了自己，我给六十多岁的老母以第二次打击。在她七十大寿的那一天，我还远在异域。那天，据姐姐们后来告诉我，老太太只喝了两口酒，很早的便睡下。她想念她的幼子，而不便说出来。

"七七"抗战后，我由济南逃出来。北平又像庚子那年似的被鬼子占据了，可是母亲日夜惦念的幼子却跑西南来。母亲怎样想念我，我可以想象得到，可是我不能回去。每逢接到家信，我总不敢马上拆看，我

怕，怕，怕，怕有那不祥的消息。人，即使活到八九十岁，有母亲便可以多少还有点孩子气。失了慈母便像花插在瓶子里，虽然还有色有香，却失去了根。有母亲的人，心里是安定的。我怕，怕，怕家信中带来不好的消息，告诉我已是失了根的花草。

去年一年，我在家信中找不到关于老母的起居情况。我疑虑，害怕。我想象得到，若有不幸，家中念我流亡孤苦，或不忍相告。母亲的生日是在九月，我在八月半写去祝寿的信，算计着会在寿日之前到达。信中嘱咐千万把寿日的详情写来，使我不再疑虑。十二月二十六日，由文化劳军的大会上回来，我接到家信。我不敢拆读，就寝前，我拆开信，母亲已去世一年了！

生命是母亲给我的。我之能长大成人，是母亲的血汗灌养的。我之能成为一个不十分坏的人，是母亲感化的。我的性格，习惯，是母亲传给的。她一世未曾享过一天福，临死还吃的是粗粮。唉！还说什么呢？心痛！心痛！

（原载 1943 年 1 月 13 日、15 日《时事新报》）

买彩票

在我们那村里，抓会赌彩是向古有之。航空奖券，自然的，大受欢迎。头彩五十万，听听！二姐发起集股合作，首先拿出大洋二角。我自己先算了一卦，上吉，于是拿了四角。和二姐算计了好大半天，原来还短着九元四才够买一张的。我和她分头去宣传，五十万，五十万，五十个人分，每人还落一万，二角钱弄一万！举村若狂，连狗都听熟了"五十万"，凡是说"五十万"的，哪怕是生人，也立刻摇尾而不上前一口把腿咬住。闹了整一个星期；十元算是凑齐；我是最大的股员。三姥姥才拿了五分，和四姨五姨共同凑了一股；她们还立了一本账簿。

上哪里去买呢？还得算卦。二姐不信任我的诸葛金钱课，花了五大枚请王瞎子占了个马前神课……利东北。城里有四家代售处；利成记在城之东北；决议，到利成记去买。可是，利成是四家买卖中最小的一号，只卖卷烟煤油，万一把十元拐去，或是卖假券呢！又送了王瞎子五大枚，从新另占。西北也行，他说；不但是行，他细掐过手指，还比东北好呢！西北是恒祥记，大买卖，二姐出阁时的缎子红被还是那儿买的呢。

谁去买？又是个问题。按说我是头号股员，我应当跑一趟。可是我是属牛的，今年是鸡年，总得找属鸡的，还得是男性，女性丧气。只有李家小三是鸡年生的，平日那些属鸡的好像都变了，找不着一个。小三自己去太不放心啊，于是决定另派二员金命的男人妥为保护。挑了吉日，三位进城买票。

票买来了，谁拿着呢？我们村里的合作事业有个特点，谁也不信任谁。经过三天三夜的讨论，还是交给了三姥姥，年高虽不见得必有德，可是到底手脚不利落，不至私自逃跑。

直到开彩那天，大家谁也没睡好觉。以我自己说，得了头彩——还能不是我们得吗？！——就分两万，这两万怎么花？买处小房，好，房的地点，样式，怎么布置，想了半夜。不，不买房子，还是作买卖好，于是铺子的地点、形式、种类,怎么赚钱,赚了钱以后怎样发展,又是半夜。天上的星星,河边的水泡,都看着像洋钱。清晨的鸟鸣,夜半的虫声,都说着"五十万"。偶尔睡着,手按在胸上,梦见一堆现洋压在身上,连气也出不得!特意买了一付骨牌,为是随时打卦。打了坏卦,不算,另打;于是打的都是好卦,财是发准了。

开奖了。报上登出前五彩,没有我们背熟了的那一号。房子,铺子……随着汗全走了。等六彩七彩吧,头五奖没有,难道还不中个小六彩?又算了一卦,上吉;六彩是五百,弄几块作件夏布大衫也不坏。于是一边等着六彩七彩的揭露,一边重读前五彩的号数,替得奖的人们想着怎么花用的方法,未免有些羡妒,所以想着想着便想到得奖人的乐极生悲,也许被钱烧死;自己没得也好;自然自己得奖也不见得就烧死。无论怎说,心中有点发堵。

六彩七彩也登出来了,还是没咱们的事,这才想起对尾子,连尾子都和我们开玩笑,我们的是个"三",大奖的偏偏是个"二"。没办法!

二姐和我是发起人呀!三姥姥向我们俩要索她的五分。没法不赔她。赔了她,别人的二角也无意虚掷。二姐这两天生病,她就是有这个本事,心里一想就会生病。剩下我自己打发大家的二角。打发完了,二姐的病也好了,我呢,昨天夜里睡得很清甜。

（原载 1933 年 9 月 1 日《论语》第 24 期）

有声电影

二姐还没有看过有声电影。可是她已经有了一种理论。在没看见以前，先来一套说法，不独二姐如此，有许多伟人也是这样；此之谓"知之为知之，不知为知之"也。她以为有声电影便是电机答答之声特别响亮而已。要不然便是当电人——二姐管银幕上的英雄美人叫电人——互相巨吻的时候，台下鼓掌特别发狂，以成其"有声"。她确信这个，所以根本不想去看。本来她对电影就不大热心，每当电人巨吻，她总是用手遮上眼的。

但据说有声电影是有说有笑而且有歌。她起初还不相信，可是各方面的报告都是这样，她才想开开眼。

二姥姥等也没开过此眼，而二姐又恰巧打牌赢了钱，于是大请客。二姥姥三舅妈，四姨，小秃，小顺，四狗子，都在被请之列。

二姥姥是天一黑就睡，所以决不能去看夜场；大家决定午时出发，看午后两点半那一场。看电影本是为开心解闷，所以十二点动身也就行了。要是上车站接个人什么的，二姐总是早去七八小时的。那年二姐夫上天津，二姐在三天前就催他到车站去，恐怕临时找不到座位。

早动身可不见得必定早到；要不怎么越早越好呢。说是十二点走哇，到了十二点三刻谁也没动身。二姥姥找眼镜找了一刻来钟；确是不容易找，因为眼镜在她自己腰里带着呢。跟着就是三舅妈找钮子，翻了四只箱子也没找到，结果是换了件衣裳。四狗子洗脸又洗了一刻多钟，这还总算顺当；往常一个脸得至少洗四十多分钟，还得有门外的巡警给帮忙。

出发了。走到巷口，一点名，小秃没影了。大家折回家里，找了半点多钟，没找着。大家决定不看电影了，找小秃是更重要的。把新衣裳全脱了，分头去找小秃。正在这个当儿，小秃回来了；原来他是跑在前面,而折回来找她们。好吧,再穿好衣裳走吧,巷外有的是洋车,反正耽误不了。

二姥姥给车价还按着现洋换一百二十个铜子时的规矩,多一个不要。这几年了,她不大出门,所以老觉得烧饼卖三个大铜子一个不是件事实,而是大家欺骗她。现在拉车的三毛两毛向她要,也不是车价高了,是欺侮她年老走不动。她偏要走一个给他们瞧瞧。这一挂劲可有些"憧憬":她确是有志向前迈步,不过脚是向前向后,连她自己也不准知道。四姨倒是能走,可惜为看电影特意换上高底鞋,似乎非扶着点什么不敢抬脚。她假装过去搀着二姥姥,其实是为自己找个靠头。不过大家看得很清楚,要是跌倒的话,这二位一定是一齐倒下。四狗子和小秃们急得直打蹦。

总算不离,三点一刻到了电影院。电影已经开映。这当然是电影院不对;难道不晓得二姥姥今天来么?二姐实在觉得有骂一顿街的必要,可是没骂出来,她有时候也很能"文明"气。

既来之则安之,打了票。一进门,小顺便不干了,怕黑,黑的地方有红眼鬼,无论如何也不能进去。二姥姥一看里面黑洞洞,以为天已经黑了,想起来睡觉的舒服;她主张带小顺回家。要是不为二姥姥,二姐还想不起请客呢。谁不知道二姥姥已经是土埋了半截的人,不看回有声电影,将来见阎王的时候要是盘问这一层呢?大家开了家庭会议。不行,二姥姥是不能走的。至于小顺,好办,买几块糖好了。吃糖自然便看不见红眼鬼了。事情便这样解决了。四姨搀着二姥姥,三舅妈拉着小顺,二姐招呼着小秃和四狗子。前呼后应,在暗中摸索,虽然有看座的过来招待,可是大家各自为政的找座儿,忽前忽后,忽左忽右,离而复散,分而复合,主张不一,而又愿坐在一块儿。直落得二姐口干舌燥,二姥姥连喘带嗽,四狗子咆哮如雷,看座的满头是汗。观众们全忘了看电影,一齐恶声的"吃——",但是压不下去二姐的指挥口令。二姐在公共场所说话特别响亮,要不怎样是"外场"

人呢。

　　直到看座的电棒中的电已使净,大家才一狠心找到了座。不过,还不能这么马马虎虎的坐下。大家总不能忘了谦恭呀,况且是在公共场所。二姥姥年高有德,当然往里坐。可是二姥姥当着四姨怎肯倚老卖老,四姨是姑奶奶呀;而二姐又是姐姐兼主人;而三舅妈到底是媳妇,而小顺子等是孩子;一部伦理从何处说起?大家打架似的推让,甚至把前后左右的观众都感化得直喊叫老天爷。好容易大家觉得让的已够上相当的程度,一齐坐下。可是小顺的糖还没有买呢!二姐喊卖糖的,真喊得有劲,连卖票的都进来了,以为是卖糖的杀了人。

　　糖买过了,二姥姥想起一桩大事——还没咳嗽呢。二姥姥一阵咳嗽,惹起二姐的孝心,与四姨三舅妈说起二姥姥的后事来。老人家像二姥姥这样的,是不怕儿女当面讲论自己的后事,而且乐意参加些意见,如"别的都是小事,我就是要个金九连环。也别忘了糊一对童儿!"这一说起来,还有完吗?一桩套着一桩,一件联着一件,说也奇怪,越是在戏馆电影场里,家事越显着复杂。大家刚说到热闹的地方,忽,电灯亮了,人们全往外走。二姐喊卖瓜子的;说起家务要不吃瓜子便不够派儿。看座的过来了,"这场完了,晚场八点才开呢。"

　　大家只好走吧。一直到二姥姥睡了觉,二姐才想起问三舅妈:"有声电影到底怎么说来着?"三舅妈想了想:"管它呢,反正我没听见。"还是四姨细心,她说她看见一个洋鬼子吸烟,还从鼻子里冒烟呢,"电影是怎样作的,多么巧妙哇,鼻子冒烟,和真的一样,你就说。"大家都赞叹不已。

（原载 1933 年 11 月 16 日《论语》第 29 期）

我的理想家庭

  一个二十多岁的小伙子,讲恋爱,讲革命,讲志愿,似乎天地之间,唯我独尊,简直想不到组织家庭——结婚既是爱的坟墓,家庭根本上是英雄好汉的累赘。及至过了三十,革命成功与否,事情好歹不论,反正领略够了人情世故,壮气就差点事儿了。虽然明知家庭之累,等于投胎为马为牛,可是人生总不过如此,多少也都得经验一番,既不坚持独身,结婚倒也还容易。于是发帖子请客,笑着开驶倒车,苦乐容或相抵,反正至少凑个热闹。到了四十,儿女已有二三,贫也好富也好,自己认头苦曳,对于年轻的朋友已经有好些个事儿说不到一处,而劝告他们老老实实的结婚,好早生儿养女,即是话不投缘的一例。到了这个年纪,设若还有理想,必是理想的家庭。倒退二十年,连这么一想也觉泄气。人生的矛盾可笑即在于此,年轻力壮,力求事事出轨,决不甘为火车;及至中年,心理的,生理的,种种理的什么什么,都使他不但非作火车不可,且作货车焉。把当初与现在一比较,判若两人,足够自己笑半天的!或有例外,实不多见。

  明年我就四十了,已具说理想家庭的资格:大不必吹,盖亦自嘲。

  我的理想家庭要有七间小平房:一间是客厅,古玩字画全非必要,只要几张很舒服宽松的椅子,一二小桌。一间书房,书籍不少,不管什么头版与古本,而都是我所爱读的。一张书桌,桌面是中国漆的,放上热茶杯不至烫成个圆白印儿。文具不讲究,可是都很好用。桌上老有一两枝鲜花,插在小瓶里。两间卧室,我独据一间,没有臭虫,而有一张极大极软的床。在这个床上,横睡直睡都可以,不论怎睡都一躺下就舒服合适,好像陷在棉花堆里,一点也不硬碰骨头。还有一间,是预备给客人住的。此外是一间厨房,一个厕所,没有下房,因为根本不预备用仆人。家中不要电话,不要播音机,不要留声机,不要麻将牌,不要风

扇，不要保险柜。缺乏的东西本来很多，不过这几项是故意不要的，有人白送给我也不要。

院子必须很大。靠墙有几株小果木树。除了一块长方的土地，平坦无草，足够打开太极拳的，其他的地方就都种着花草——没有一种珍贵费事的，只求昌茂多花。屋中至少有一只花猫，院中至少也有一两盆金鱼；小树上悬着小笼，二三绿蝈蝈随意地鸣着。

这就该说到人了。屋子不多，又不要仆人，人口自然不能很多：一妻和一儿一女就正合适。先生管擦地板与玻璃，打扫院子，收拾花木，给鱼换水，给蝈蝈一两块绿王瓜或几个毛豆；并管上街送信买书等事宜。太太管做饭，女儿任助手——顶好是十二三岁，不准小也不准大，老是十二三岁。儿子顶好是三岁，既会讲话，又胖胖的会淘气。母女于做饭之外，就做点针线，看小弟弟。大件衣服拿到外边去洗，小件的随时自己涮一涮。

既然有这么多工作，自然就没多少工夫去听戏看电影。不过在过生日的时候，全家就出去玩半天；接一位亲或友的老太太给看家。过生日什么的永远不请客受礼，亲友家送来的红白帖子，就一概扔在字纸篓里，除非那真需要帮助的，才送一些干礼去。到过节过年的时候，吃食从丰，而且可以买一通纸牌，大家打打"索儿胡"，赌铁蚕豆或花生米。

男的没有固定的职业；只是每天写点诗或小说，每千字卖上四五十元钱。女的也没事做，除了家务就读些书。儿女永不上学，由父母教给画图，唱歌，跳舞——乱蹦也算一种舞法——和文字，手工之类。等到他们长大，或者也会仗着绘画或写文章卖一点钱吃饭；不过这是后话，顶好暂且不提。

这一家子人，因为吃得简单干净，而一天到晚又不闲着，所以身体都很不坏。因为身体好，所以没有肝火，大家都不爱闹脾气。除了为小猫上房，金鱼甩子等事着急之外，谁也不急叱白脸的。

大家的相貌也都很体面，不令人望而生厌。衣服可并不讲究，都做

得很结实朴素；永远不穿又臭又硬的皮鞋。男的很体面，可不露电影明星气；女的很健美，可不红唇卷毛的鼻子朝着天。孩子们都不卷着舌头说话，淘气而不讨厌。

这个家庭顶好是在北平，其次是成都或青岛，至坏也得在苏州。无论怎样吧，反正必须在中国，因为中国是顶文明顶平安的国家；理想的家庭必在理想的国内也。

（原载 1936 年 11 月 16 日《论语》第 100 期）

有了小孩以后

艺术家应以艺术为妻,实际上就是当一辈子光棍儿。在下闲暇无事,往往写些小说,虽一回还没自居过文艺家,却也感觉到家庭的累赘。每逢困于油盐酱醋的灾难中,就想到独人一身,自己吃饱便天下太平,岂不妙哉。

家庭之累,大半由儿女造成。先不用提教养的花费,只就淘气哭闹而言,已足使人心慌意乱。小女三岁,专会等我不在屋中,在我的稿子上画圈拉杠,且美其名曰"小济会写字"!把人要气没了脉,她到底还是有理!再不然,我刚想起一句好的,在脑中盘旋,自信足以愧死莎士比亚,假若能写出来的话。当是时也,小济拉拉我的肘,低声说:"上公园看猴?"于是我至今还未成莎士比亚。小儿一岁整,还不会"写字",也不晓得去看猴,但善亲亲,闭眼,张口展览上下四个小牙。我若没事,请求他闭眼,露牙,小胖子总会东指西指的打岔。赶到我拿起笔来,他那一套全来了,不但亲脸,闭眼,还"指"令我也得表演这几招。有什么办法呢?!

这还算好的。赶到小济午后不睡,按着也不睡,那才难办。到这么四点来钟吧,她的困闹开始,到五点钟我已没有人味。什么也不对,连公园的猴都变成了臭的,而且猴之所以臭,也应当由我负责。小胖子也有这种困而不睡的时候,大概多数是与小济同时发难。两位小醉鬼一齐找毛病,我就是诸葛亮恐怕也得唱空城计,一点办法没有!在这种干等束手被擒的时候,偏偏会来一两封快信——催稿子!我也只好闹脾气了。不大一会儿,把太太也闹急了,一家大小四口,都成了醉鬼,其热闹至为惊人。大人声言离婚,小孩怎说怎不是,于离婚的争辩中瞎打混。一直到七点后,二位小天使已困得动不的,离婚的宣言才无形的撤销。这还算好的。遇上小胖子出牙,那才真教厉害,不但白天没有情理，夜里还得上夜班。一会儿一醒，若被针扎了似的惊啼，他出牙，谁也不用打算睡。他的牙出利落了，大家全成了红眼虎。

不过，这一点也不妨碍家庭中爱的发展，人生的巧妙似乎就在这里。记得 Frank Harris 仿佛有过这么点记载：他说王尔德为那件不名誉的案子过堂被审，一开头他侃侃而谈，语多幽默。及至原告提出几个男妓作证人，王尔德没了脉，非失败不可了。Harris 以为王尔德必会说："我是个戏剧家，为观察人生，什么样的人都当交往。假若我不和这些人接触，我从哪里去找戏剧中的人物呢？"可是，王尔德竟自没这么答辩，官司就算输了！

把王尔德且放在一边；艺术家得多去经验，Harris 的意见，假若不是特为王尔德而发的，的确是不错。连家庭之累也是如此。还拿小孩们说吧——这才来到正题——爱他们吧，嫌他们吧，无论怎说，也是极可宝贵的经验。

在没有小孩的时候，一个人的世界还是未曾发现美洲的时候的。小孩是科仑布，把人带到新大陆去。这个新大陆并不很远，就在熟习的街道上和家里。你看，街市上给我预备的，在没有小孩的时候，似乎只有理发馆，饭铺，书店，邮政局等。我想不出婴儿医院，糖食店，玩具铺等等的意义。连药房里的许许多多婴儿用的药和粉，报纸上婴儿自己药片的广告，百货店里的小袜子小鞋，都显着多此一举，劳而无功。及至小天使自天飞降，我的眼睛似乎戴上了一双放大镜，街市依然那样，跟我有关系的东西可是不知增加了多少倍！婴儿医院不但挂着牌子，敢情里边还有医生呢。不但有医生，还是挺神气，一点也得罪不得。拿着医生所给的神符，到药房去，敢情那些小瓶子小罐都有作用。不但要买瓶子里的白汁黄面和各色的药饼，还得买瓶子罐子，轧粉的钵，量奶的漏斗，乳头，卫生尿布，玩艺多多了！百货店里那些小衣帽，小家具，也都有了意义；原先以为多此一举的东西，如今都成了非它不行；有时候铺中缺乏了我所要的那一件小物品，我还大有看不起他们的意思：既是

读给孩子的故乡与童年
DU GEI HAIZI DE GUXIANG YU TONGNIAN

百货店,怎能不预备这件东西呢?!慢慢的,全街上的铺子,除了金店与古玩铺,都有了我的足迹;连当铺也走得怪熟。铺中人也渐渐熟识了,甚至可以随便闲谈,以小孩为中心,谈得颇有味儿。伙计们,掌柜们,原来不仅是站柜作买卖,家中还有小孩呢!有的铺子,竟自敢允许我欠账,仿佛一有了小孩,我的人格也好了些,能被人信任。三节的账条来得很踊跃,使我明白了过节过年的时候怎样出汗。

小孩使世界扩大,使隐藏着的东西都显露出来。非有小孩不能明白这个。看着别人家的孩子,肥肥胖胖,整整齐齐,你总觉得小孩们理应如此,一生下来就戴着小帽,穿着小袄,好像小雏鸡生下来就披着一身黄绒似的。赶到自己有了小孩,才能晓得事情并不这么简单。一个小娃娃身上穿戴着全世界的工商业所能供给的,给全家人以一切啼笑爱怨的经验,小孩的确是位小活神仙!

有了小活神仙,家里才会热闹。窗台上,我一向认为是摆花的地方。夏天呢,开着窗,风儿轻轻吹动花与叶,屋中一阵阵的清香。冬天呢,阳光射到花上,使全屋中有些颜色与生气。后来,有了小孩,那些花盆很神秘的都不见了,窗台上满是瓶子罐子,数不清有多少。尿布有时候上了写字台,奶瓶倒在书架上。大扫除才有了意义,是的,到时候非痛痛快快的收拾一顿不可了,要不然东西就有把人埋起来的危险。上次大扫除的时候,我由床底下找到了但丁的《神曲》。不知道这老家伙干吗在那里藏着玩呢!

人的数目也增多了,而且有很多问题。在没有小孩的时候,用一个仆人就够了,现在至少得用俩。以前,仆人"拿糖",满可以暂时不用;没人作饭,就外边去吃,谁也不用拿捏谁。有了小孩,这点豪气乘早收起去。三天没人洗尿布,屋里就不要再进来人。牛奶等项是非有人管理不可,有儿方知卫生难,奶瓶子一天就得烫五六次;没仆人简直不行!有仆人就得捣乱,没办法!

好多没办法的事都得马上有办法,小孩子不会等着"国联"慢慢

解决儿童问题。这就长了经验。半夜里去买药,药铺的门上原来有个小口,可以交钱拿药,早先我就不晓得这一招。西药房里敢情也打价钱,不等他开口,我就提出:"还是四毛五?"这个"还是"使我省五分钱,而且落个行家。这又是一招。找老妈子有作坊,当票儿到期还可以入利延期,也都被我学会。没工夫细想,大概自从有了儿女以后,我所得的经验至少比一张大学文凭所能给我的多着许多。大学文凭是由课本里掏出来的,现在我却念着一本活书,没有头儿。

连我自己的身体现在都会变形,经小孩们的指挥,我得去装马装牛,还须装得像个样儿。不但装牛像牛,我也学会牛的忍性,小胖子觉得"开步走"有意思,我就得百走不厌;只作一回,绝对不行。多嚼他改了主意,多嚼我才能"立正"。在这里,我体验出母性的伟大,觉得打老婆的人们满该下狱。

中秋节前来了个老道,不要米,不要钱,只问有小孩没有?看见了小胖子,老道高了兴,说十四那天早晨须给小胖子左腕上系一根红线。备清水一碗,烧高香三炷,必能消灾除难。右邻家的老太太也出来看,老道问她有小孩没有,她惨淡的摇了摇头。到了十四那天,倒是这位老太太的提醒,小胖子的左腕上才拴了一圈红线。小孩子征服了老道与邻家老太太。一看胖手腕的红线,我觉得比写完一本伟大的作品还骄傲,于是上街买了两尊兔子王,感到老道,红线,兔子王,都有绝大的意义!

(原载 1936 年 11 月 25 日《谈风》第 3 期)

文艺副产品
——孩子们的事情

自从去年秋天辞去了教职,就拿写稿子挣碗"粥"吃——"饭"是吃不上的。除了星期天和闹肚子的时候,天天总动动笔,多少不拘,反正得写点儿。于是,家庭里就充满了文艺空气,连小孩们都到时候懂得说:"爸爸写字吧?"文艺产品并没能大量的生产,因为只有我这么一架机器,可是出了几样副产品,说说倒也有趣:

(一)自由故事。须具体的说来:

早九点,我拿起笔来。烟吸过三枝,笔还没落到纸上一回。小济(女,实岁数三岁半)过来检阅,见纸白如旧,就先笑一声,而后说:"爸,怎么没有字呢?"

"待一会儿就有,多多的字!"

"啊!爸,说个故事?"

我不语。

"爸快说呀,爸!"她推我的肘,表示我即使不说,反正肘部动摇也写不了字。

这时候,小乙(男,实岁数一岁半,说话时一字成句,简当而有含蓄)来了,妈妈在后面跟着。

见生力军来到,小济的声势加旺:"快说呀!快说呀!"

我放下笔:"有那么一回呀——"

小乙:"回!"

小济:"你别说,爸说!"

爸:"有那么一回呀,一只大白兔——"

小乙:"兔兔!"

小济:"别——"

小乙撇嘴。

妈:"得,得,得,不哭!兔兔!"

小乙:"兔兔!"泪在眼中一转,不知转到哪里去了。

爸:"对了,有两只大白兔——"

小乙:"泡泡!"

妈:"小济,快,找小盆去!"

爸:"等等,小乙,先别撒!"随小济作快步走,床下椅下,分头找小盆,至为紧张,且喊且走,"小盆在哪儿?"只在此屋中,云深不知处,无论如何,找不到小盆。

妈曳小乙疾走如风,入厕,风暴渐息。

归位,小济未忘前事:"说呀!"

爸:"那什么,有三只大白兔——"等小乙答声,我好想主意。

小乙尿后,颇镇定,把手指放在口中。

妈:"不含手指,臭!"

小乙置之不理。

小济:"说那个小猪吃糕糕的,爸!"

小乙:"糕糕,吃!"他以为是到了吃点心的时候呢。

妈:"小猪吃糕糕,小乙不吃。"

爸说了小猪吃糕糕。说完,又拿起笔来。

小济:"白兔呢?"

颇成问题!小猪吃糕糕与白兔如何联到一处呢?

门外:"给点什么吃啵,太太!"

小济小乙齐声:"太太!"

全家摆开队伍,由爸代表,给要饭的送去铜子儿一枚。

故事告一段落。

这种故事无头无尾,变化万端,白兔不定几只,忽然转到小猪吃糕糕,若不是要饭的来解围,故事便当延续下去,谁也不晓得说到哪里去，故定名为"自由故事"。此种故事在有小孩子的家中非常方便好用，作者信口开河，随听者的启示与暗示而跌宕多姿。著者与听者打成一片，无隔膜抵触之处。其体裁既非童话，也非人话，乃一片行云流水，得天然之美，极当提倡。故事里毫无教训，而充分运用着作者与听者的想象，故甚可贵。

（二）新蝌蚪文：

在以前没有小孩的时候，我写坏了稿纸，便扔在字纸篓里。自从小济会拿铅笔，此项废纸乃有出路，统统归她收藏。

我越写不上来，她越闹哄得厉害：逼我说故事，劝我带她上街，要不然就吃一个苹果，"小济一半，爸一半！"我没有办法，只好把刚写上三五句不像话的纸送给她："看这张大纸，多么白！去，找笔来，你也写字，好不好？"赶上她心顺，她就找来铅笔头儿，搬来小板凳，以椅为桌，开始写字。

她已三岁半，可是一个字不识。我不主张早教孩子们认字。我对于教养小孩，有个偏见——也许是"正"见：六岁以前，不教给他们任何东西；只劳累他们的身体，不劳累脑子。养得脸蛋儿红扑扑的，胳臂腿儿挺有劲，能蹦能闹，便是好孩子。过六岁，该受教育了，但仍不从严督促。他们有聪明，爱读书呢，好；没聪明而不爱读书呢，也好。反正有好身体才能活着，女的去作舞女，男的去拉洋车，大腿生活也就不错，不用着急。

这就可以想象到小济写的是什么字了：用铅笔一按，在格中按了个不小的黑点，然后往上或往下一拉，成个小蝌蚪。一个两个，一行两行，一次能写满半张纸。写完半张，她也照着爸的样子说："该歇歇了！"于是去找弟弟玩耍，忘了说故事与吃苹果等要求。我就安心写作一会儿。

（三）卡通演义：

因为有书，看惯了，所以孩子们也把书当作玩艺儿。玩别的玩腻了，便念书玩。小乙的办法是把书挡住眼，口中嘟嘟嘟嘟；小济的办法是找图画念，口中唱着：一个小人儿，一个小鸟儿，又一个小人儿……

俩孩子最喜爱的一本是朋友给我寄来的一本英国卡通册子，通体都是画儿，所以俩孩子争着看。他们看小人儿，大人可受了罪，他们教我给"说"呀。篇篇是讽刺画儿，我怎么"说"呢？急中生智，我顺口答音，见机而作，就景生情，把小人儿全联到一处，成为一完整而又变化很多的故事。

说完了，他们不记得，我也不记得；明天看，明天再编新词儿。英国的首相，在我们的故事里，叫作"大鼻子"；麦克唐纳是"大脑袋"，由小乙的建议呢，凡戴眼镜儿的都是"爸"——因为我戴眼镜儿。我们的故事总是很热闹，"大鼻子叼着烟袋锅，大脑袋张着嘴，没有烟袋，大鼻子不给他，大脑袋就生气，爸就来劝，得了，别生气……"

卡通演义比自由故事更有趣，因为照着图来说，总得设法就图造事，不能三只四只白兔的乱说。说的人既须费些思索，故事自然分外的动听，听者也就多加注意。现在，小乙不怕是把这本册子拿倒了，也能指出哪个是英国首相——"鼻！"歪打正着，这也许能帮助训练他们的观察能力；自然，没有这种好处，我们也都不在乎；反正我们的故事很热闹。

（四）改造杂志：

我们既能把卡通给孩子讲通了，那么，什么东西也不难改造了。我们每月固定的看《文学》，《中流》，《青年界》，《宇宙风》，《论语》，《西风》，《谈风》，《方舟》；除了《方舟》是定阅的，其余全是赠阅的。此外，我们还到小书铺里去"翻"各种刊物，看着题目好，就买回来。无论是什么刊物吧，都是先由孩子们看画儿，然后大人们念字。字，有时候把大人憋住，怎念怎念不明白。画，完全没有困难。普式庚[①]的像，罗丹的

[①] 普式庚：通译普希金，俄国诗人。

雕刻，苏联的木刻……我们都能设法讲解明白了。无论什么严重的事，只要有图，一到我们家里便变成笑话。所以我们时常感到应向各刊物的编辑道歉，可是又不便于道歉，因为我们到底是看了，而且给它们另找出一种意义来呀。

（五）新年特刊：

这是我们家中自造的刊物：用铜钉按在墙上，便是壁画；不往墙上钉呢，便是活页的杂志。用不着花印刷费，也不必征求稿件，只须全家把"画来——卖画"的卖年画的包围住，花上两三毛钱，便能五光十色的得到一大堆图画。小乙自己是胖小子，所以也爱胖小子，于是胖小子抱鱼——"富贵有余"——胖小子上树——摇钱树——便算是由他主编，自成一组。小济是主编故事组："小叭儿狗会擀面"，"小小子坐门墩"，"探亲相骂"……都由她收藏管理，或贴在她的床前。戏出儿和渔家乐什么的算作爸与妈的，妈担任说明画上的事情，爸担任照着戏出儿整本的唱戏，文武昆乱，生末净旦丑，一概不挡，烦唱哪出就唱哪出。这一批年画儿能教全家有的说，有的看，有的唱，热闹好几个月。地上也是，墙上也是，都彩色鲜明，百读不厌。我们这个特刊是文艺、图画、戏剧、歌唱的综合；是国货艺术与民间艺术的拥护；是大人与小孩的共同恩物。看完这个特刊，再看别的杂志，我们觉得还是我们自家的东西应属第一。

好啦，就说到此处为止吧。

（原载1937年5月1日《宇宙风》第40期）

当幽默变成油抹

小二小三玩腻了：把落花生的尖端咬开一点，夹住耳唇当坠子，已经不能再作，因为耳坠不晓得是怎回事，全到了他们肚里去；还没有人能把花生吃完再拿它当耳坠！《儿童世界》上的插图也全看完了，没有一张满意的，因为据小二看，画着王家小五是王八的才能算好画，可是插画里没有这么一张。小二和王家小五前天打了一架，什么也不因为，并且一点不是小二的错，一点也不是小五的错；谁的错呢？没人知道。"小三，你当马吧？"小三这时节似乎什么也愿意干，只是不愿意当马。"再不然，咱们学狗打架玩？"小二又出了主意。"也好，可是得真咬耳朵？"小三愿事先问好，以免咬了小二的耳朵而去告诉妈妈。咬了耳朵还怎么再夹上花生当耳坠呢？小二不愿意。唱戏吧？好，唱戏。但是，先看看爸和妈干什么呢。假如爸不在家，正好偷偷的翻翻他那些杂志，有好看的图画可以撕下一两张来；然后再唱戏。

爸和妈都在书房里。爸手里拿着本薄杂志，可是没看；妈手里拿着些毛绳，可是没织；他们全笑呢。小二心里说大人也是好玩呀，不然，爸为什么拿着书不看，妈为什么拿着线不织？

爸说："真幽默，哎呀，真幽默！"爸嘴上的笑纹几乎通到耳根上去。这几天爸常拿着那么一薄本米色皮的小书喊幽默。

小二小三自然是不懂什么叫幽默，而听成了油抹；可是油抹有什么可笑呢？小三不是为把油抹在袖口上挨过一顿打吗！大人油抹就不挨打而嘻嘻，不公道！

爸念了，一边念一边嘻嘻，眼睛有时候像要落泪，有时候一句还没念完，嘴里便哈哈哈。妈也跟着嘻嘻嘻。念的什么子路——小三听成了紫鹿——又是什么三民主义，而后嘻嘻嘻——一点也不可笑，而爸与妈偏嘻嘻嘻！

决定过去看看那小本是什么。爸不叫他们看:"别这儿捣乱,一边儿玩去!"妈也说:"玩去,等爸念完再来!"好像这个小薄本比什么都重要似的!也许爸和妈都吃多了;妈常说小孩子吃多了就胡闹,爸与妈也是如此。

念了半天,爸看了看表,然后把小本折好了一页,极小心的放在写字台的抽屉里:"晚上再念;得出门了。"

"再念一段!"妈这半天连一针活也没作,还说再念一段呢,真不害羞!小三心里的小手指头直在脸上削,"没羞没臊,当间儿画个黑老道!"

"晚上,晚上!凑巧还许把第十期买来呢!"爸说,还是笑着。

爸爸走了,走到院里还嘻嘻呢;爸是吃多了!

妈拿着活计到里院去了。

小二小三决定要犯犯"不准动爸的书"的戒命。等妈走远了,轻轻的开了抽屉,拿出那本叫爸和妈嘻嘻的宝贝。他们全把大拇指放在嘴里咂着,大气不出的去找那招人笑的小鬼。他们以为书中必是有个小鬼,这个小鬼也许就叫做油抹。人一见油抹就要嘻嘻,或是哈哈。找了半天,一篇一篇全是黑字!有一张画,看不懂是什么。既不是小兔搬家,又不是小狗成亲,简直的什么也不像!这就可乐呀?字和这样的画要是可乐,为什么妈不许我们在墙上写字画图呢?

"咱们还是唱戏去吧?"小三不耐烦了。

"小三,看,这个小盒也在这儿呢,爸不许咱们动,楞偷偷的看看?"小二建议。

已经偷看了书,为什么不再偷看看小盒?就是挨打也是一顿。小三想的很精密。

把小盒轻轻打开,喝,里边一管挨着一管,都是刷牙膏,可是比刷牙膏的管小些细些。小二把小铅盖转了转,挤,咕——挤出滑溜溜的一条小红虫来,哎呀有趣!小三的眼睛得像两个新铜子,又亮又圆。"来,

我挤一个！"他另拿了管，咕——挤出条碧绿的小虫来。

一管一管，全挤过了，什么颜色的也有，真好玩！小二拿起盒里的一支小硬笔，往笔上挤了些红膏，要往牙上擦。

"小二，别，万一这是爸的冻疮药呢？"

"不能，冻疮药在妈的抽屉里呢。"

"等等，不是药，也许呀，也许呀——"小三想了半天想不出是什么。

"这么着吧，小三，把小管全挤在桌上，咱们打花脸吧？"

"唱——那天你和爸听什么来着？"小三的戏剧知识只是由小二得来的那些。

"有花脸的那个？嘀咕的嘀咕嘀嘀咕！《黄鹤楼》！"

"就唱《黄鹤楼》吧！你打红脸，我打绿脸。嘀咕嘀——"

"《黄鹤楼》里没有绿脸！"小二觉得小三对扮戏是没发言权的。

"假装的有个绿脸就得了吗！糖挑上的泥人戏出就有绿脸的。"

两个把管里的小虫全挤得越长越好，而后用小硬笔往脸上抹。

"小二，我说这不是牙膏，你瞧，还油亮油亮的呢。喝，抹在脸上有点漆得慌！"

"别说话；你的嘴直动，我怎给你画呀？！"小二给小三的腮上打些紫道，虽然小三是要打绿脸。

正这么打脸，没想到，爸回来了！

"你们俩干什么呢？干什么呢！"

"我们——"小二一慌把小刷子放在小三的头上。

小三，正闭着眼等小二给画眉毛，睁开了眼。

"你们干什么？！"爸是动了气："二十多块一盒的油！"

"对啦，爸，我们这儿油抹呢！"小三直抓腮部，因为油漆得不好受。

"什么油抹呀？"

"不是爸看这本小书的时候,跟妈说,真油抹,爸笑妈也笑吗?"

"这本小书?"爸指着桌上那本说:"从此不再看《论语》!"

爸真生了气。一下子坐在椅子上,气哼哼的,不自觉的,从衣袋里掏出一本小书——样子和桌上那本一样。

乘着爸看新买来的小书,小二小三七手八脚把小管全收在盒里,小三从头上揭下小笔,也放进去。

爸又看入了神,嘴角又慢慢往上弯。小二们的《黄鹤楼》是不敢唱了,可也不敢走开,敬候着爸的发落。

爸又嘻嘻了,拍了大腿一下:"真幽默!"

小三向小二咬耳朵:"爸是假装油抹,咱们才是真油抹呢!"

(原载 1933 年 2 月 16 日《论语》第 11 期)

第三辑

- 老字号
- 断魂枪
- 正红旗下

导读

历史的足音

四川大学文学博士 丁晓妮

这一辑只有两篇短文章，主要内容是作者的自传《正红旗下》，因此相比前两辑，第三辑集中而且深入。依然是生动的日常书写，依然是简练干净的文字，所表达的思想情感却比文字本身复杂而深沉。

"永远是那样"的三合祥在商业大潮下的悲剧，并非简单的经营失败，而是富有气度的传统终于不敌那摩登的现实，读来令人叹息（《老字号》）；镖局改了客栈，原本声名远播的镖头沙子龙在深夜独自抚摸断魂枪的姿态，孤独而苍凉（《断魂枪》）。在历史教科书里，变革之际的新旧更迭是那么理所当然，旧的事物陈腐不堪，令人生厌。而在老舍笔下，他以切身数十年的体会和敏感细腻的感受，刻画出旧传统那令人叹惋不舍的一面。

相比这种传统，老舍对旗人生活的情感态度则更为复杂，大姑子折磨弟媳，婆婆折磨媳妇，只知赊账不会营生，把玩得精致考究作为生活意义，吃旗粮而以学手艺为耻……种种生活的合理不合理，老舍不动声色地一一写出，他不是没有批判，但他比批判更多了一层了解和悲悯。他写道："二百多年积下的历史尘垢，使一般的旗人既忘了自谴，也忘了自励。我们创造了一种独具风格的生活方式：有钱的真讲究，没钱的穷讲究。生命就这么沉浮在有讲究的一汪死水里。"这是生活，也是生命，是依然有着精彩看头却已经日薄西山的运命，每个人都在自然自发地尽着本分去活，却无法改变整个群体朝向着衰败凋零。老舍不是历史学家，不是哲学家，却通过他最忠诚的笔，让我们从日常凡俗生活中感知到历史的足音。

老字号

钱掌柜走后，辛德治——三合祥的大徒弟，现在很拿点事——好几天没正经吃饭。钱掌柜是绸缎行公认的老手，正如三合祥是公认的老字号。辛德治是钱掌柜手底下教练出来的人。可是他并不专因私人的感情而这样难过，也不是自己有什么野心。他说不上来为什么这样怕，好像钱掌柜带走了一些永难恢复的东西。

周掌柜到任。辛德治明白了，他的恐怖不是虚的；"难过"几乎要改成咒骂了。周掌柜是个"野鸡"，三合祥——多少年的老字号！——要满街拉客了！辛德治的嘴撇得像个煮破了的饺子。老手，老字号，老规矩——都随着钱掌柜的走了，或者永远不再回来。钱掌柜，那样正直，那样规矩，把买卖作赔了。东家不管别的，只求年底下多分红。

多少年了，三合祥永远是那么官样大气：金匾黑字，绿装修，黑柜蓝布围子，大机凳①包着蓝呢子套，茶几上永放着鲜花。多少年了，三合祥除了在灯节才挂上四只宫灯，垂着大红穗子；此外，没有半点不像买卖地儿的胡闹八光。多少年了，三合祥没有打过价钱，抹过零儿，或是贴张广告，或者减价半月；三合祥卖的是字号。多少年了，柜上没有吸烟卷的，没有大声说话的；有点响声只是老掌柜的咕噜水烟与咳嗽。

这些，还有许许多多可宝贵的老气度，老规矩，由周掌柜一进门，辛德治看出来，全要完！周掌柜的眼睛就不规矩，他不低着眼皮，而是满世界扫，好像找贼呢。人家钱掌柜，老坐在大机凳上合着眼，可是哪个伙计出错了口气，他也晓得。

果然，周掌柜——来了还没有两天——要把三合祥改成蹦蹦戏②的棚子：门前扎起血丝胡拉的一座彩牌，"大减价"每个字有五尺见方，两盏煤气灯，把人们照得脸上发绿，好像一群大烟鬼。这还不够，门口一

---

① 大机凳：大的方凳。
② 蹦蹦戏：北京以前对评剧的称呼。

档子洋鼓洋号，从天亮吹到三更；四个徒弟，都戴上红帽子，在门口，在马路上，见人就给传单。这还不够，他派定两个徒弟专管给客人送烟递茶，哪怕是买半尺白布，也往后柜让，也递香烟：大兵，清道夫，女招待，都烧着烟卷，把屋里烧得像个佛堂。这还不够，买一尺还饶上一尺，还赠送洋娃娃，伙计们还要和客人随便说笑；客人要买的，假如柜上没有，不告诉人家没有，而拿出别种东西硬叫人家看；买过十元钱的东西，还打发徒弟送了去，柜上买了两个一走三歪的自行车！

辛德治要找个地方哭一大场去！在柜上十五六年了，没想到过——更不用说见过了——三合祥会落到这步田地！怎么见人呢？合街上有谁不敬重三合祥的？伙计们晚上出来，提着三合祥的大灯笼，连巡警们都另眼看待。那年兵变，三合祥虽然也被抢一空，可是没像左右的铺户那样连门板和"言无二价"的牌子都被摘了走——三合祥的金匾有种尊严！他到城里已经二十来年了，其中的十五六年是在三合祥，三合祥是他第二家庭，他的说话，咳嗽与蓝布大衫的样式，全是三合祥给他的。他因三合祥，也为三合祥而骄傲。他给铺子去索债，都被人请进去喝碗茶；三合祥虽是个买卖，可是照顾主儿似乎是些朋友。钱掌柜是常给照顾主儿行红白人情的。三合祥是"君子之风"的买卖：门凳上常坐着附近最体面的人；遇到街上有热闹的时候，照顾主儿的女眷们到这里向老掌柜借个座儿。这个光荣的历史，是长在辛德治的心里的。可是现在？

辛德治也并不是不晓得，年头是变了。拿三合祥的左右铺户说，多少家已经把老规矩舍弃，而那些新开的更是提不得的，因为根本就没有过规矩。他知道这个。可是因此他更爱三合祥，更替它骄傲，它是人造丝品中唯一的一匹道地大缎子，仿佛是。假如三合祥也下了桥，世界就没了！哼，现在三合祥和别人家一样了，假如不是更坏！

他最恨的是对门那家正香村：掌柜的踏拉着鞋，叼着烟卷，镶着金门牙。老板娘背着抱着，好像兜儿里还带着，几个男女小孩，成天出来进去，进去出来，打着南方话唧唧喳喳，不知喊些什么。老板和老板娘吵架也在柜上，打孩子，给孩子吃奶，也在柜上。摸不清他们是作买卖呢，还是干什么玩呢，只有老板娘的胸口老在柜前陈列着是件无可疑的事儿。那群伙计，不知是从哪儿找来的，全穿着破鞋，可是衣服多半是绸缎的。有的贴着太阳膏，有的头发梳得像漆杓，有的戴着金丝眼镜。再说那份儿厌气：一年到头老是大减价，老悬着煤气灯，老磨着留声机。买过两元钱的东西，老板便亲自让客人吃块酥糖；不吃，他能往人家嘴里送！什么东西也没一定的价钱，洋钱也没有一定的行市。辛德治永远不正眼看"正香村"那三个字，也永不到那边买点东西。他想不到世上会有这样的买卖，而且和三合祥正对门！

更奇怪的，正香村发财，而三合祥一天比一天衰微。他不明白这是什么道理。难道买卖必定得不按着规矩作才行吗？果然如此，何必学徒呢？是个人就可以作生意了！不能是这样，不能；三合祥到底是不会那样的！谁知道竟自来了个周掌柜，三合祥的与正香村的煤气灯把街道照青了一大截，它们是一对儿！三合祥与正香村成了一对儿？！这莫非是做梦么？不是梦，辛德治也得按着周掌柜的办法走。他得和客人瞎扯，他得让人吸烟，他得把人诓到后柜，他得拿着假货当真货卖，他得等客人竞争才多放二寸，他得用手术量布——手指一捻就抽回来一块！他不能受这个！

可是多数的伙计似乎愿意这么做。有个女客进来，他们恨不能把她围上，恨不能把全铺子的东西都搬来给她瞧，等她买完——哪怕是买了二尺搛布——他们恨不能把她送回家去。周掌柜喜爱这个，他愿意看伙计们折跟头，打把式，更好能在空中飞。

周掌柜和正香村的老板成了好朋友。有时候还凑上天成的人们打打麻雀。天成也是本街上的绸缎店，开张也有四五年了，可是钱掌柜就始终没招呼过他们。天成故意和三合祥打对仗，并且吹出风来，非把三合祥顶趴下不成。钱掌柜一声也不出，只偶尔说一句：咱们作的是字号。天成一年倒有三百六十五天是纪念日，大减价。现在天成的人们也过来打牌了。辛德治不能答理他们。他有点空闲，便坐在柜里发愣，面对着货架子——原先架上的布匹都用白布包着，现在用整幅的通天扯地的作装饰，看着都眼晕，那么花红柳绿的！三合祥已经完了，他心里说。

但是，过了一节，他不能不佩服周掌柜了。节下报账，虽然没赚什么，可是没赔。周掌柜笑着给大家解释："你们得记住，这是我的头一节呀！我还有好些没施展出来的本事呢。还有一层，扎牌楼，赁煤气灯……哪个不花钱呢？所以呀！"他到说上劲来的时节总这么"所以呀"一下。"日后无须扎牌楼了，咱会用新的，还要省钱的办法，那可就有了赚头，所以呀！"辛德治看出来，钱掌柜是回不来了；世界的确是变了。周掌柜和天成、正香村的人们说得来，他们都是发财的。

过了节，检查日货嚷嚷动了。周掌柜疯了似的上东洋货。检查的学生已经出来了，他把东洋货全摆在大面上，而且下了命令："进来买主，先拿日本布；别处不敢卖，咱们正好作一批生意。看见乡下人，明说这是东洋布，他们认这个；对城里的人，说德国货。"

检查的学生到了。周掌柜脸上要笑出几个蝴蝶儿来，让吸烟，让喝茶。"三合祥，冲这三个字，不是卖东洋货的地方，所以呀！诸位看吧！门口那些有德国布，也有土布；内柜都是国货绸缎，小号在南方有联号，自办自运。"

学生们疑心那些花布。周掌柜笑了："张福来，把后边剩下的那匹东洋布拿来。"

布拿来了。他扯住检查队的队长："先生，不屈心，只剩下这么一匹东洋布，跟先生穿的这件大衫一样的材料，所以呀！"他回过头来，"福来，把这匹料子扔到街上去！"

队长看着自己的大衫，头也没抬，便走出去了。

这批随时可以变成德国货，国货，英国货的日本布赚了一大笔钱。有识货的人，当着周掌柜的面，把布扔在地上，周掌柜会笑着命令徒弟："拿真正西洋货去，难道就看不出先生是懂眼的人吗？"然后对买主：

"什么人要什么货,白给你这个,你也不要,所以呀!"于是又作了一号买卖。客人临走,好像怪舍不得周掌柜。辛德治看透了,作买卖打算要赚钱的话,得会变戏法和说相声。周掌柜是个人物。可是辛德治不想再在这儿干,他越佩服周掌柜,心里越难过。他的饭由脊梁骨下去。打算睡得安稳一些,他得离开这样的三合祥。

可是,没等到他在别处找好位置,周掌柜上天成领柜去了。天成需要这样的人,而周掌柜也愿意去,因为三合祥的老规矩太深了,仿佛是长了根,他不能充分施展他的才力。

辛德治送出周掌柜去,好像是送走了一块心病。

对于东家们,辛德治以十五六年老伙计的资格,是可以说几句话的,虽然不一定发生什么效力。他知道哪些位东家是更老派一些,他知道怎样打动他。他去给钱掌柜运动,也托出钱掌柜的老朋友们来帮忙。他不说钱掌柜的一切都好,而是说钱与周二位各有所长,应当折中一下,不能死守旧法,也别改变的太过火。老字号是值得保存的,新办法也得学着用。字号与利益两顾着——他知道这必能打动了东家们。

他心里,可是,另有个主意。钱掌柜回来,一切就都回来,三合祥必定是"老"三合祥,要不然便什么也不是。他想好了:减去煤气灯,洋鼓洋号,广告,传单,烟卷;至必不得已的时候,还可以减人,大概可以省去一大笔开销。况且,不出声而贱卖,尺大而货物地道。难道人们就都是傻子吗?

钱掌柜果然回来了。街上只剩了正香村的煤气灯,三合祥恢复了昔日的肃静,虽然因为欢迎钱掌柜而悬挂上那四个宫灯,垂着大红穗子。

三合祥挂上宫灯那天,天成号门口放上两只骆驼,骆驼身上披满了各色的缎条,驼峰上安着一明一灭的五彩电灯。骆驼的左右辟了抓彩部,一人一毛钱,凑足了十个人就开彩,一毛钱有得一匹摩登绸的希望。天成门外成了庙会,挤不动的人。真有笑嘻嘻夹走一匹摩登绸的嘛!

三合祥的门凳上又罩上蓝呢套，钱掌柜眼皮也不抬，在那里坐着。伙计们安静地坐在柜里，有的轻轻拨弄算盘珠儿，有的徐缓地打着哈欠，辛德治口里不说什么，心中可是着急。半天儿能不进来一个买主。偶尔有人在外边打一眼，似乎是要进来，可是看看金匾，往天成那边走去。有时候已经进来，看了货，因不打价钱，又空手走了。只有几位老主顾，时常来买点东西；可也有时候只和钱掌柜说会儿话，慨叹着年月这样穷，喝两碗茶就走，什么也不买。辛德治喜欢听他们说话，这使他想起昔年的光景，可是他也晓得，昔年的光景，大概不会回来了；这条街只有天成"是"个买卖！

　　过了一节，三合祥非减人不可了。辛德治含着泪和钱掌柜说："我一人干五个人的活，咱们不怕！"老掌柜也说："咱们不怕！"辛德治那晚睡得非常香甜，准备次日干五个人的活。

　　可是过了一年，三合祥倒给天成了。

（原载1935年4月10日《新文学》第1卷第1期）

断魂枪

"生命是闹着玩，事事显出如此；从前我这么想过，现在我懂得了。"

沙子龙的镖局已改成客栈。

东方的大梦没法子不醒了。炮声压下去马来与印度野林中的虎啸。半醒的人们，揉着眼，祷告着祖先与神灵；不大会儿，失去了国土、自由与主权。门外立着不同面色的人，枪口还热着。他们的长矛毒弩，花蛇斑彩的厚盾，都有什么用呢；连祖先与祖先所信的神明全不灵了啊！龙旗的中国也不再神秘，有了火车呀，穿坟过墓的破坏着风水。枣红色多穗的镖旗，绿鲨皮鞘的钢刀，响着串铃的口马①，江湖上的智慧与黑话，义气与声名，连沙子龙，他的武艺、事业，都梦似的变成昨夜的。今天是火车，快枪，通商与恐怖。听说，有人还要杀下皇帝的头呢！

这是走镖已没有饭吃，而国术还没被革命党与教育家提倡起来的时候。

谁不晓得沙子龙是短瘦、利落、硬棒，两眼明得像霜夜的大星？可是，现在他身上放了肉。镖局改了客栈，他自己在后小院占着三间北房，大枪立在墙角，院子里有几只楼鸽。只是在夜间，他把小院的门关好，熟习熟习他的"五虎断魂枪"。这条枪与这套枪，二十年的工夫，在西北一带，给他创出来"神枪沙子龙"五个字，没遇见过敌手。现在，这条枪与这套枪不会再替他增光显胜了；只是摸摸这凉、滑、硬而发颤的杆子，使他心中少难过一些而已。只有在夜间独自拿起枪来，才能相信自己还是"神枪沙"。在白天，他不大谈武艺与往事；他的世界已被

---

① 口马：指张家口外的马匹。

狂风吹了走。

在他手下创练起来的少年们还时常来找他。他们大多数是没落子的，都有点武艺，可是没地方去用。有的在庙会上去卖艺：踢两趟腿，练套家伙，翻几个跟头，附带着卖点大力丸，混个三吊两吊的。有的实在闲不起了，去弄筐果子，或挑些毛豆角，赶早儿在街上论斤吆喝出去。那时候，米贱肉贱，肯卖膀子力气本来可以混个肚儿圆；他们可是不成：肚量既大，而且得吃口当事儿的①；干饽饽辣饼子②咽不下去。况且他们还时常去走会：五虎棍，开路，太狮少狮……虽然算不了什么——比起走镖来——可是到底有个机会活动活动，露露脸。是的，走会捧场是买脸的事，他们打扮得像个样儿，至少得有条青洋绉裤子，新漂白细市布的小褂，和一双鱼鳞洒鞋——顶好是青缎子抓地虎靴子。他们是神枪沙子龙的徒弟——虽然沙子龙并不承认——得到处露脸，走会得赔上俩钱，说不定还得打场架。没钱，上沙老师那里去求。沙老师不含糊，多少不拘，不让他们空着手儿走。可是，为打架或献技去讨教一个招数，或是请给说个对子——什么空手夺刀，或虎头钩进枪——沙老师有时说句笑话，马虎过去："教什么？拿开水浇吧！"有时直接把他们逐出去。他们不大明白沙老师是怎么了，心中也有点不乐意。

可是，他们到处为沙老师吹腾，一来是愿意使人知道他们的武艺有真传授，受过高人的指教；二来是为激动沙老师：万一有人不服气而找上老师来，老师难道还不露一两手真的么？所以：沙老师一拳就砸倒了个牛！沙老师一脚把人踢到房上去，并没使多大的劲！他们谁也没见过这种事，但是说着说着，他们相信这是真的了，有年月，有地方，千真万确，敢起誓！

王三胜——沙子龙的大伙计——在土地庙拉开了场子，摆好了家伙。抹了一鼻子茶叶末色的鼻烟，他抡了几下竹节钢鞭，把场子打大一

108

---

① 当事儿的：管事的，有营养，吃了不至于不久又饿的。
② 辣饼子：剩下的隔夜干粮。

些。放下鞭,没向四围作揖,叉着腰念了两句:"脚踢天下好汉,拳打五路英雄!"向四围扫了一眼:"乡亲们,王三胜不是卖艺的;玩艺儿会几套,西北路上走过镖,会过绿林中的朋友。现在闲着没事,拉个场子陪诸位玩玩。有爱练的尽管下来,王三胜以武会友,有赏脸的,我陪着。神枪沙子龙是我的师傅;玩艺地道!诸位,有愿下来的没有?"他看着,准知道没人敢下来,他的话硬,可是那条钢鞭更硬,十八斤重。

王三胜,大个子,一脸横肉,努着对大黑眼珠,看着四围。大家不出声。他脱了小褂,紧了紧深月白色的"腰里硬",把肚子杀进去。给手心一口唾沫,抄起大刀来:

"诸位,王三胜先练趟瞧瞧。不白练,练完了,带着的扔几个;没钱,给喊个好,助助威。这儿没生意口。好,上眼[①]!"

大刀靠了身,眼珠努出多高,脸上绷紧,胸脯子鼓出像两块老桦木根子。一跺脚,刀横起,大红缨子在肩前摆动。削砍劈拨,蹲越闪转,手起风生,忽忽直响。忽然刀在右手心上旋转,身弯下去,四围鸦雀无声,只有缨铃轻叫。刀顺过来,猛的一个"跺泥",身子直挺,比众人高着一头,黑塔似的。收了势:"诸位!"一手持刀,一手叉腰,看着四围。稀稀的扔下几个铜钱,他点点头。"诸位!"他等着,等着,地上依旧是那几个亮而削薄的铜钱,外层的人偷偷散去。他咽了口气:"没人懂!"他低声的说,可是大家全听见了。

"有功夫!"西北角上一个黄胡子老头儿答了话。

"啊?"王三胜好似没听明白。

"我说:你——有——功——夫!"老头子的语气很不得人心。

放下大刀,王三胜随着大家的头往西北看。谁也没看重这个老人:小干巴个儿,披着件粗蓝布大衫,脸上窝窝瘪瘪,眼陷进去很深,嘴上

[①] 上眼:请观众注意看的意思。

几根细黄胡，肩上扛着条小黄草辫子，有筷子那么细，而绝对不像筷子那么直顺。王三胜可是看出这老家伙有功夫，脑门亮，眼睛亮——眼眶虽深，眼珠可黑得像两口小井，深深的闪着黑光。王三胜不怕：他看得出别人有功夫没有，可更相信自己的本事，他是沙子龙手下的大将。

"下来玩玩，大叔！"王三胜说得很得体。

点点头，老头儿往里走。这一走，四外全笑了。他的胳臂不大动；左脚往前迈，右脚随着拉上来，一步步的往前拉扯，身子整着①，像是患过瘫痪病。蹭到场中，把大衫扔在地上，一点没理会四围怎样笑他。

"神枪沙子龙的徒弟，你说？好，让你使枪吧；我呢？"老头子非常的干脆，很像久想动手。

人们全回来了，邻场耍狗熊的无论怎敲锣也不中用了。

"三截棍进枪吧？"王三胜要看老头子一手，三截棍不是随便就拿得起来的家伙。

老头子又点点头，拾起家伙来。

王三胜努着眼，抖着枪，脸上十分难看。

老头子的黑眼珠更深更小了，像两个香火头，随着面前的枪尖儿转，王三胜忽然觉得不舒服，那俩黑眼球似乎要把枪尖吸进去！四外已围得风雨不透，大家都觉出老头子确是有威。为躲那对眼睛，王三胜耍了个枪花。老头子的黄胡子一动："请！"王三胜一扣枪，向前躬步，枪尖奔了老头子的喉头去，枪缨打了一个红旋。老人的身子忽然活展了，将身子微偏，让过枪尖，前把一挂，后把撩王三胜的手。拍，拍，两响，王三胜的枪撒了手。场外叫了好。王三胜连脸带胸口全紫了，抄起枪来；一个花子，连枪带人滚了过来，枪尖奔了老人的中部。老头子的眼亮得发着黑光；腿轻轻一屈，下把掩裆，上把打着刚要抽回的枪杆；

---

① 身子整着：两臂不动，身体僵硬地走路。

拍，枪又落在地上。

场外又是一片彩声。王三胜流了汗，不再去拾枪，努着眼，木在那里。老头子扔下家伙，拾起大衫，还是拉拉着腿，可是走得很快了。大衫搭在臂上，他过来拍了王三胜一下："还得练哪，伙计！"

"别走！"王三胜擦着汗，"你不离，姓王的服了！可有一样，你敢会会沙老师？"

"就是为会他才来的！"老头子的干巴脸上皱起点来，似乎是笑呢。"走；收了吧；晚饭我请！"

王三胜把兵器拢在一处，寄放在变戏法二麻子那里，陪着老头子往庙外走。后面跟着不少人，他把他们骂散。

"你老贵姓？"他问。

"姓孙哪，"老头子的话与人一样，都那么干巴。"爱练；久想会会沙子龙。"

沙子龙不把你打扁了！王三胜心里说。他脚底下加了劲，可是没把孙老头落下。他看出来，老头子的腿是老走着查拳门中的连跳步；交起手来，必定很快。但是，无论他怎样快，沙子龙是没对手的。准知道孙老头要吃亏，他心中痛快了些，放慢了些脚步。

"孙大叔贵处？"

"河间的，小地方。"孙老者也和气了些："月棍年刀一辈子枪，不容易见功夫！说真的，你那两手就不坏！"

王三胜头上的汗又回来了，没言语。

到了客栈，他心中直跳，唯恐沙老师不在家，他急于报仇。他知道老师不爱管这种事，师弟们已碰过不少回钉子，可是他相信这回必定行，他是大伙计，不比那些毛孩子；再说，人家在庙会上点名叫阵，沙老师还能丢这个脸么？

"三胜，"沙子龙正在床上看着本《封神榜》，"有事吗？"

三胜的脸又紫了，嘴唇动着，说不出话来。

老舍与北京

沙子龙坐起来,"怎了,三胜?"

"栽了跟斗!"

只打了个不甚长的哈欠,沙老师没别的表示。

王三胜心中不平,但是不敢发作;他得激动老师:"姓孙的一个老头儿,门外等着老师呢;把我的枪,枪,打掉了两次!"他知道"枪"字在老师心中有多大分量。没等吩咐,他慌忙跑出去。

客人进来,沙子龙在外间屋等着呢。彼此拱手坐下,他叫三胜去泡茶。三胜希望两个老人立刻交了手,可是不能不沏茶去。孙老者没话讲,用深藏着的眼睛打量沙子龙。沙很客气:

"要是三胜得罪了你,不用理他,年纪还轻。"

孙老者有些失望,可他看出沙子龙的精明。他不知怎样好了,不能拿一个人的精明断定他的武艺。"我来领教领教枪法!"他不由地说出来。

沙子龙没接碴儿。王三胜提着茶壶走进来——急于看二人动手,他没管水开了没有,就沏在壶中。

"三胜,"沙子龙拿起个茶碗来,"去找小顺们去,天汇见,陪孙老者吃饭。"

"什么!"王三胜的眼珠几乎掉出来。看了看沙老师的脸,他敢怒而不敢言的说了声"是啦!"走出去,撅着大嘴。

"教徒弟不易!"孙老者说。

"我没收过徒弟。走吧,这个水不开!茶馆去喝,喝饿了就吃。"沙子龙从桌子上拿起青缎子褡裢,一头装着鼻烟壶,一头装着点钱,挂在腰带上。

"不,我还不饿!"孙老者很坚决,两个"不"字把小辫从肩上抡到后边去。

"说会子话儿。"

"我来为领教领教枪法。"

112

"功夫早搁下了，"沙子龙指着身上，"已经放了肉！"

"这么办也行，"孙老者深深地看了沙老师一眼："不比武，教给我那趟五虎断魂枪。"

"五虎断魂枪？"沙子龙笑了："早忘干净了！早忘干净了！告诉你，在我这儿住几天，咱们各处逛逛，临走，多少送点盘缠。"

"我不逛，也用不着钱，我来学艺！"孙老者立起来，"我练趟给你看看，看够得上学艺不够！"一屈腰已到了院中，把楼鸽都吓飞起去。拉开架子，他打了趟查拳：腿快，手飘洒，一个飞脚起去，小辫儿飘在空中，像从天上落下来一个风筝；快之中，每个架子都摆得稳、准、利落；来回六趟，把院子满都打到，走得圆，接得紧，身子在一处，而精神贯串到四面八方。抱拳收势，身儿缩紧，好似满院的乱飞的燕子忽然归了巢。

"好！好！"沙子龙在阶上点着头喊。

"教给我那趟枪！"孙老者抱了抱拳。

沙子龙下了台阶，也抱着拳："孙老者，说真的吧；那条枪和那套枪都跟我入棺材，一齐入棺材！"

"不传？"

"不传！"

孙老者的胡子嘴动了半天，没说出什么来。到屋里抄起蓝布大衫，拉拉着腿："打搅了，再会！"

"吃过饭走！"沙子龙说。

孙老者没言语。

沙子龙把客人送到小门，然后回到屋中，对着墙角立着的大枪点了点头。

他独自上了天汇，怕是王三胜们在那里等着。他们都没有去。

王三胜和小顺们都不敢再到土地庙去卖艺，大家谁也不再为沙子龙吹腾；反之，他们说沙子龙栽了跟头，不敢和个老头儿动手；那个老头

子一脚能踢死个牛。不要说王三胜输给他,沙子龙也不是"个儿"。不过呢,王三胜到底和老头子见了个高低,而沙子龙连句硬话也没敢说。"神枪沙子龙"慢慢似乎被人们忘了。

夜静人稀,沙子龙关好了小门,一气把六十四枪刺下来;而后,挂着枪,望着天上的群星,想起当年在野店荒林的威风。叹一口气,用手指慢慢摸着凉滑的枪身,又微微一笑,"不传!不传!"

(原载1935年9月22日天津《大公报·文艺》第13期)

正红旗^①下

一

假若我姑母和我大姐的婆母现在还活着，我相信她们还会时常争辩：到底在我降生的那一晚上，我的母亲是因生我而昏迷过去了呢，还是她受了煤气。

幸而这两位老太太都遵循着自然规律，到时候就被亲友们护送到坟地里去；要不然，不论我庆祝自己的花甲之喜，还是古稀大寿，我心中都不会十分平安。是呀，假若大姐婆婆的说法十分正确，我便根本不存在啊！

似乎有声明一下的必要：我生的迟了些，而大姐又出阁早了些，所以我一出世，大姐已有了婆婆，而且是一位有比金刚石还坚硬的成见的婆婆。是，她的成见是那么深，我简直地不敢叫她看见我。只要她一眼看到我，她便立刻把屋门和窗子都打开，往外散放煤气！

还要声明一下：这并不是为来个对比，贬低大姐婆婆，以便高抬我的姑母。那用不着。说真的，姑母对于我的存在与否，并不十分关心；要不然，到后来，她的烟袋锅子为什么常常敲在我的头上，便有些费解了。是呀，我长着一个脑袋，不是一块破砖头！

尽管如此，姑母可是坚持实事求是的态度，和我大姐的婆婆进行激辩。按照她的说法，我的母亲是因为生我，失血过多，而昏了过去的。据我后来调查，姑母的说法颇为正确，因为自从她中年孀居以后，就搬到我家来住，不可能不掌握些第一手的消息与资料。我的啼哭，吵得她

老舍与北京

---

① 正红旗：清代八旗之一。八旗是清代满族的一种军队组织和户口编制，以旗的颜色为号，有镶黄、正黄、镶白、正白、镶红、正红、镶蓝、正蓝八旗（正即整字的简写），凡满族成员都隶属各旗。这是"满洲八旗"，以后又增设"蒙古八旗"和"汉军八旗"。八旗成员，统称为"旗人"。作者隶属"满洲八旗"的"正红旗"，这篇自传体的长篇小说因此得名。

不能安眠。那么,我一定不会是一股煤气!

我也调查清楚:自从姑母搬到我家来,虽然各过各的日子,她可是以大姑子的名义支使我的母亲给她沏茶灌水,擦桌子扫地,名正言顺,心安理得。她的确应该心安理得,我也不便给她造谣:想想看,在那年月,一位大姑子而不欺负兄弟媳妇,还怎么算作大姑子呢?

在我降生前后,母亲当然不可能照常伺候大姑子,这就难怪在我还没落草儿①,姑母便对我不大满意了。不过,不管她多么自私,我可也不能不多少地感激她:假若不是她肯和大姐婆婆力战,甚至于混战,我的生日与时辰也许会发生些混乱,其说不一了。我舍不得那个良辰吉日!

那的确是良辰吉日!就是到后来,姑母在敲了我三烟锅子之后,她也不能不稍加考虑,应否继续努力。她不能不想想,我是腊月二十三日酉时,全北京的人,包括着皇上和文武大臣,都在欢送灶王爷上天的时刻降生的呀!

在那年代,北京在没有月色的夜间,实在黑的可怕。大街上没有电灯,小胡同里也没有个亮儿,人们晚间出去若不打着灯笼,就会越走越怕,越怕越慌,迷失在黑暗里,找不着家。有时候,他们会在一个地方转来转去,一直转一夜。按照那时代的科学说法,这叫作"鬼打墙"。

可是,在我降生的那一晚上,全北京的男女,千真万确,没有一个遇上"鬼打墙"的!当然,那一晚上,在这儿或那儿,也有饿死的、冻死的,和被杀死的。但是,这都与鬼毫无关系。鬼,不管多么顽强的鬼,在那一晚上都在家里休息,不敢出来,也就无从给夜行客打一堵墙,欣赏他们来回转圈圈了。

大街上有多少卖糖瓜与关东糖②的呀!天一黑,他们便点上灯

① 落草儿:降生。
② 糖瓜与关东糖:灶糖,祭灶时的供品,用麦芽做成。

笼，把摊子或车子照得亮堂堂的。天越黑，他们吆喝的越起劲，洪亮而急切。过了定更①，大家就差不多祭完了灶王，糖还卖给谁去呢！就凭这一片卖糖的声音，那么洪亮，那么急切，胆子最大的鬼也不敢轻易出来，更甭说那些胆子不大的了——据说，鬼也有胆量很小很小的。

再听吧，从五六点钟起，已有稀疏的爆竹声。到了酉时左右（就是我降生的伟大时辰），连铺户带人家一齐放起鞭炮，不用说鬼，就连黑、黄、大、小的狗都吓得躲在屋里打哆嗦。花炮的光亮冲破了黑暗的天空，一闪一闪，能够使人看见远处的树梢儿。每家院子里都亮那么一阵：把灶王像请到院中来，燃起高香与柏枝，灶王就急忙吃点关东糖，化为灰烬，飞上天宫。

灶王爷上了天，我却落了地。这不能不叫姑母思索思索："这小子的来历不小哇！说不定，灶王爷身旁的小童儿因为贪吃糖果，没来得及上天，就留在这里了呢！"这么一想，姑母对我就不能不在讨厌之中，还有那么一点点敬意！

灶王对我姑母的态度如何，我至今还没探听清楚。我可是的确知道，姑母对灶王的态度并不十分严肃。她的屋里并没有灶王龛。她只在我母亲在我们屋里给灶王与财神上了三炷香之后，才搭讪着过来，可有可无地向神像打个问心②。假若我恰巧在那里，她必狠狠地瞪我一眼；她认准了我是灶王的小童儿转世，在那儿监视她呢！

说到这里，就很难不提一提我的大姐婆婆对神佛的态度。她的气派很大。在她的堂屋里，正中是挂着黄围子的佛桌，桌上的雕花大佛龛几乎高及顶棚，里面供着红脸长髯的关公。到春节，关公面前摆

---

① 定更：初更，晚上七时至九时。
② 打个问心：拜一拜。

着五碗①小塔似的蜜供、五碗红月饼,还有一堂干鲜果品。财神、灶王,和张仙②(就是"打出天狗去,引进子孙来"的那位神仙)的神龛都安置在两旁,倒好像她的"一家之主"不是灶王,而是关公。赶到这位老太太对丈夫或儿子示威的时候,她的气派是那么大,以至把神佛都骂在里边,毫不留情!"你们这群!"她会指着所有的神像说:"你们这群!吃着我的蜜供、鲜苹果,可不管我的事,什么东西!"

可是,姑母居然敢和这位连神佛都敢骂的老太太分庭抗礼,针锋相对地争辩,实在令人不能不暗伸大指!不管我怎么不喜爱姑母,当她与大姐婆婆作战的时候,我总是站在她这一边的。

经过客观的分析,我从大姐婆婆身上实在找不到一点可爱的地方。是呀,直到如今,我每一想起什么"虚张声势""瞎唬事"等等,也就不期然而然地想起大姐的婆婆来。我首先想起她的眼睛。那是一双何等毫无道理的眼睛啊!见到人,不管她是要表示欢迎,还是马上冲杀,她的眼总是瞪着。她大概是想用二目圆睁表达某种感情,在别人看来却空空洞洞,莫名其妙。她的两腮多肉,永远阴郁地下垂,像两个装着什么毒气的口袋似的。在咳嗽与说话的时候,她的嗓子与口腔便是一部自制的扩音机。她总以为只要声若洪钟,就必有说服力。她什么也不大懂,特别是不懂怎么过日子。可是,她会瞪眼与放炮,于是她就懂了一切。

虽然我也忘不了姑母的烟袋锅子(特别是那里面还有燃透了的兰花烟的),可是从全面看来,她就比大姐的婆婆多着一些风趣。从模样上说,姑母长得相当秀气,两腮并不像装着毒气的口袋。她的眼睛,在

---

① 碗:供品的单位量词。旧俗,过年时,献给神佛供品的底座,常垫以饭碗,内盛小米,与碗口齐平,并覆盖红绵纸,然后上面再摞月饼、蜜供等食品,谓之一碗。

② 张仙:送子之神。传说是五代时游青城山而得道的张远霄。宋代苏洵曾梦见他挟着两个弹子,以为是"诞子"之兆,便日夜供奉起来,以后果然生了苏轼和苏辙两个儿子,都成为有名的文学家。

风平浪静的时候，黑白分明，非常的有神。不幸，有时候不知道为什么就来一阵风暴。风暴一来，她的有神的眼睛就变成有鬼，寒光四射，冷气逼人！不过，让咱们还是别老想她的眼睛吧。她爱玩梭儿胡①。每逢赢那么三两吊钱的时候，她还会低声地哼几句二黄。据说：她的丈夫，我的姑父，是一位唱戏的！在那个改良的……哎呀，我忘了一件大事！

你看，我只顾了交待我降生的月、日、时，可忘了说是哪一年！那是有名的戊戌年啊！戊戌政变②！

说也奇怪，在那么大讲维新与改良的年月，姑母每逢听到"行头""拿份儿"③等等有关戏曲的名词，便立刻把话岔开。只有逢年过节，喝过两盅玫瑰露酒之后，她才透露一句："唱戏的也不下贱啊！"尽管如此，大家可是都没听她说过：我姑父的艺名叫什么，他是唱小生还是老旦。

大家也都怀疑，我姑父是不是个旗人。假若他是旗人，他可能是位耗财买脸的京戏票友儿④。可是，玩票是出风头的事，姑母为什么不敢公开承认呢？他也许真是个职业的伶人吧？可又不大对头：那年月，尽管酝酿着革新与政变，堂堂的旗人而去以唱戏为业，不是有开除旗籍的危险么？那么，姑父是汉人？也不对呀！他要是汉人，怎么在他死后，我姑母每月去领好几份儿钱粮呢？

直到如今，我还弄不清楚这段历史。姑父是唱戏的不是，关系并不大。我总想不通：凭什么姑母，一位寡妇，而且是爱用烟锅子敲我的脑袋的寡妇，应当吃几份儿饷银呢？我的父亲是堂堂正正的旗兵，负着保卫皇城的重任，每月不过才领三两银子，里面还每每搀着两小块假的；

---

① 梭儿胡：一种纸牌，"玩梭儿胡"又叫"逗梭儿胡"。
② 戊戌政变：一八九八年光绪皇帝推行的资产阶级维新变法，又叫"百日维新"。
③ 行头：戏曲术语，指演员扮戏时所穿戴的衣服、头盔。拿份儿：指"戏份儿"，戏曲演员的工资。最早的工资按月计算，叫"包银"，后来改按场次计算，叫"戏份儿"。
④ 票友儿：不是科班出身的、偶一扮演的业余戏曲演员，与下文"玩票"同义。

为什么姑父，一位唱小生或老旦的，还可能是汉人，会立下那么大的军功，给我姑母留下几份儿钱粮呢？看起来呀，这必定在什么地方有些错误！

不管是皇上的，还是别人的错儿吧，反正姑母的日子过得怪舒服。她收入的多，开销的少——白住我们的房子，又有弟媳妇作义务女仆。她是我们小胡同里的"财主"。

恐怕呀，这就是她敢跟大姐的婆婆顶嘴抬杠的重要原因之一。大姐的婆婆口口声声地说：父亲是子爵，丈夫是佐领，儿子是骁骑校①。这都不假；可是，她的箱子底儿上并没有什么沉重的东西。有她的胖脸为证，她爱吃。这并不是说，她有钱才要吃好的。不！没钱，她会以子爵女儿、佐领太太的名义去赊。她不但自己爱赊，而且颇看不起不敢赊、不喜欢赊的亲友。虽然没有明说，她大概可是这么想：不赊东西，白作旗人！

我说她"爱"吃，而没说她"讲究"吃。她只爱吃鸡鸭鱼肉，而不会欣赏什么山珍海味。不过，她可也有讲究的一面：到十冬腊月，她要买两条丰台暖洞子②生产的碧绿的、尖上还带着一点黄花的王瓜，摆在关公面前；到春夏之交，她要买些用小蒲包装着的，头一批成熟的十三陵大樱桃，陈列在供桌上。这些，可只是为显示她的气派与排场。当她真想吃的时候，她会买些冒充樱桃的"山豆子"，大把大把地往嘴里塞，既便宜又过瘾。不管怎么说吧，她经常拉下亏空，而且是债多了不愁，满不在乎。

对债主子们，她的眼瞪得特别圆，特别大；嗓音也特别洪亮，激昂慷慨地交代：

---

① 子爵：古代五等爵公、侯、伯、子、男的第四等，清代子爵分一二三等，是比较小的世袭爵位。佐领：八旗兵制，以三百人为一"牛录"（后增至四百人），统领"牛录"为军官，汉译"佐领"，是地位比较低的武官。骁骑校："佐领"下面的小军官。

② 暖洞子：温室。

"听着！我是子爵的女儿，佐领的太太，娘家婆家都有铁杆儿庄稼！俸银俸米到时候就放下来，欠了日子欠不了钱，你着什么急呢！"

这几句豪迈有力的话语，不难令人想起二百多年前清兵入关时候的威风，因而往往足以把债主子打退四十里。不幸，有时候这些话并没有发生预期的效果，她也会瞪着眼笑那么一两下，叫债主子吓一大跳；她的笑，说实话，并不比哭更体面一些。她的刚柔相济，令人啼笑皆非。

她打扮起来的时候总使大家都感到遗憾。可是，气派与身份有关，她还非打扮不可。该穿亮纱，她万不能穿实地纱；该戴翡翠簪子，决不能戴金的。于是，她的几十套单、夹、棉、皮、纱衣服，与冬夏的各色首饰，就都循环地出入当铺，当了这件赎那件，博得当铺的好评。据看见过阎王奶奶的人说：当阎王奶奶打扮起来的时候，就和盛装的大姐婆婆相差无几。

因此，直到今天，我还摸不清她的丈夫怎么会还那么快活。在我幼年的时候，我觉得他是个很可爱的人。是，他不但快活，而且可爱！除了他也爱花钱，几乎没有任何缺点。我首先记住了他的咳嗽，一种清亮而有腔有调的咳嗽，叫人一听便能猜到他至小是四品官儿。他的衣服非常整洁，而且带着樟脑的香味，有人说这是因为刚由当铺拿出来，不知正确与否。

无论冬夏，他总提着四个鸟笼子，里面是两只红颏，两只蓝靛颏儿。他不养别的鸟，红、蓝颏儿雅俗共赏，恰合佐领的身份。只有一次，他用半年的俸禄换了一只雪白的麻雀。不幸，在白麻雀的声誉刚刚传遍九城①的大茶馆之际，也不知怎么就病故了，所以他后来即使看见一只雪白的老鸦也不再动心。

---

① 九城：九门，指明代永乐十八年重修的北京内城九门——正阳、崇文、宣武、安定、德胜、东直、朝阳、西直、阜成。后来人们常以"九门"、"四九城"来代指北京城。传遍九城，即传遍了整个儿北京城。后文"誉满九城"也是这个意思。

在冬天，他特别受我的欢迎：在他的怀里，至少藏着三个蝈蝈葫芦，每个都有摆在古玩铺里去的资格。我并不大注意葫芦。使我兴奋的是它们里面装着的嫩绿蝈蝈，时时轻脆地鸣叫，仿佛夏天忽然从哪里回到北京。

在我的天真的眼中，他不是来探亲家，而是和我来玩耍。他一讲起养鸟、养蝈蝈与蛐蛐的经验，便忘了时间，以至我母亲不管怎样为难，也得给他预备饭食。他也非常天真。母亲一暗示留他吃饭，他便咳嗽一阵，有腔有调，有板有眼，而后又哈哈地笑几声才说：

"亲家太太，我还真有点饿了呢！千万别麻烦，到天泰轩叫一个干炸小丸子、一卖木樨肉、一中碗酸辣汤，多加胡椒面和香菜，就行啦！就这么办吧！"

这么一办，我母亲的眼圈儿就分外湿润那么一两天！不应酬吧，怕女儿受气；应酬吧，钱在哪儿呢？那年月走亲戚，用今天的话来说，可真不简单！

亲家爹虽是武职，四品顶戴的佐领，却不大爱谈怎么带兵与打仗。我曾问过他是否会骑马射箭，他的回答是咳嗽了一阵，而后马上又说起养鸟的技术来。这可也的确值得说，甚至值得写一本书！看，不要说红、蓝颏儿们怎么养，怎么遛，怎么"押"，在换羽毛的季节怎么加意饲养，就是那四个鸟笼子的制造方法，也够讲半天的。不要说鸟笼子，就连笼里的小磁食罐，小磁水池，以及清除鸟粪的小竹铲，都是那么考究，谁也不敢说它们不是艺术作品！是的，他似乎已经忘了自己是个武官，而把毕生的精力都花费在如何使小罐小铲、咳嗽与发笑都含有高度的艺术性，从而随时沉醉在小刺激与小趣味里。

他还会唱呢！有的王爷会唱须生，有的贝勒①会唱《金钱豹》②。有的满族官员由票友而变为京剧名演员……戏曲和曲艺成为满人生活中不可

老舍与北京

---
① 贝勒：满语王或侯的意思，是清代的世袭爵位，地位仅次于亲王和郡王。
②《金钱豹》：传统戏剧，演孙悟空降伏金钱豹的故事。

缺少的东西,他们不但爱去听,而且喜欢自己粉墨登场。他们也创作,大量地创作,岔曲、快书、鼓词等等。我的亲家爹也当然不甘落后。遗憾的是他没有足够的财力去组成自己的票社,以便亲友家庆祝孩子满月,或老太太的生日,去车马自备、清茶恭候地唱那么一天或一夜,耗财买脸,傲里夺尊,誉满九城。他只能加入别人组织的票社,随时去消遣消遣。他会唱几段联珠快书。他的演技并不很高,可是人缘很好,每逢献技都博得亲友们热烈喝彩。美中不足,他走票的时候,若遇上他的夫人也盛装在场,他就不由地想起阎王奶奶来,而忘了词儿。这样丢了脸之后,他回到家来可也不闹气,因为夫妻们大吵大闹会喊哑了他的嗓子。倒是大姐的婆婆先发制人,把日子不好过,债务越来越多,统统归罪于他爱玩票,不务正业,闹得没结没完。他一声也不出,只等到她喘气的时候,他才用口学着三弦的声音,给她弹个过门儿:"登根儿哩登登。"艺术的熏陶使他在痛苦中还能够找出自慰的办法,所以他快活——不过据他的夫人说,这是没皮没脸,没羞没臊!

他们夫妇谁对谁不对,我自幼到而今一直还没有弄清楚。那么,书归正传,还说我的生日吧。

在我降生的时候,父亲正在皇城的什么角落值班。男不拜月,女不祭灶[①],自古为然。姑母是寡妇,母亲与二姐也是妇女;我虽是男的,可还不堪重任。全家竟自没有人主持祭灶大典!姑母发了好几阵脾气。她在三天前就在英兰斋满汉饽饽铺买了几块真正的关东糖。所谓真正的关东糖者就是块儿小而比石头还硬,放在口中若不把门牙崩碎,就把它粘掉的那一种,不是摊子上卖的那种又泡又松,见热气就容易化了的低级货。她还买了一斤什锦南糖。这些,她都用小缸盆扣起来,放在阴凉的地方,不叫灶王爷与一切的人知道。她准备在大家祭完灶王,偷

[①] 男不拜月,女不祭灶:迷信的人认为灶王是一家之主,祭灶礼,必须由男子祭拜,妇女不得参与,月为太阴星君,中秋拜月,也只能由妇女行之,男子不得参与,故俗谚谓之"男不拜(圆)月,女不祭灶"。

偷地拿出一部分，安安顿顿地躺在被窝里独自享受，即使粘掉一半个门牙，也没人晓得。可是，这个计划必须在祭灶之后执行，以免叫灶王看见，招致神谴。哼！全家居然没有一个男人！她的怒气不打一处来。我二姐是个忠厚老实的姑娘，空有一片好心，而没有克服困难的办法。姑母越发脾气，二姐心里越慌，只含着眼泪，不住地叫："姑姑！姑姑！"

幸而大姐及时地来到。大姐是个极漂亮的小媳妇：眉清目秀，小长脸，尖尖的下颏像个白莲花瓣似的。不管是穿上大红缎子的氅衣，还是蓝布旗袍，不管是梳着两把头，还是挽着旗髻，她总是那么俏皮利落，令人心旷神怡。她的不宽的腰板总挺得很直，亭亭玉立；在请蹲安的时候，直起直落，稳重而飘洒。只有在发笑的时候，她的腰才弯下一点去，仿佛喘不过气来，笑得那么天真可怜。亲戚、朋友，没有不喜爱她的，包括着我的姑母。只有大姐的婆婆认为她既不俊美，也不伶俐，并且时常讥诮：你爸爸不过是三两银子的马甲①！

大姐婆婆的气派是那么大，讲究是那么多，对女仆的要求自然不能不极其严格。她总以为女仆都理当以身殉职，进门就累死。自从娶了儿媳妇，她干脆不再用女仆，而把一个小媳妇当作十个女仆使用。大姐的两把头往往好几天不敢拆散，就那么带着那小牌楼似的家伙睡觉。梳头需要相当长的时间，万一婆婆已经起床，大声地咳嗽着，而大姐还没梳好了头，过去请安，便是一行大罪！大姐须在天还没亮就起来，上街给婆婆去买热油条和马蹄儿烧饼。大姐年轻，贪睡。可是，出阁之后，她练会把自己惊醒。醒了，她便轻轻地开开屋门，看看天上的三星。假若还太早，她便回到炕上，穿好衣服，坐着打盹，不敢再躺下，以免睡熟了误事。全家的饭食、活计、茶水、清洁卫生，全由大姐独自包办。她越努力，婆婆越给她添活儿，加紧训练。婆婆的手，除了往口中送饮

---

① 马甲：蒙马之甲，代称骑兵。

食，不轻易动一动。手越不动，眼与嘴就越活跃，她一看见儿媳妇的影子就下好几道紧急命令。

事情真多！大姐每天都须很好地设计，忙中要有计划，以免发生混乱。出嫁了几个月之后，她的眉心出现了两条细而深的皱纹。这些委屈，她可不敢对丈夫说，怕挑起是非。回到娘家，她也不肯对母亲说，怕母亲伤心。当母亲追问的时候，她也还是笑着说：没事！真没事！奶奶放心吧！（我们管母亲叫作奶奶。）

大姐更不敢向姑母诉苦，知道姑母是爆竹脾气，一点就发火。可是，她并不拒绝姑母的小小的援助。大姐的婆婆既要求媳妇打扮得像朵鲜花似的，可又不肯给媳妇一点买胭脂，粉，梳头油等等的零钱，所以姑母一问她要钱不要，大姐就没法不低下头去，表示口袋里连一个小钱也没有。姑母是不轻易发善心的，她之所以情愿帮助大姐者是因为我们满人都尊敬姑奶奶。她自己是老姑奶奶，当然要同情小姑奶奶，以壮自己的声势。况且，大姐的要求又不很大，有几吊钱就解决问题，姑母何必不大仁大义那么一两回呢。这个，大姐婆婆似乎也看了出来，可是不便说什么；娘家人理当贴补出了嫁的女儿，女儿本是赔钱货嘛。在另一方面，姑母之所以敢和大姐婆婆分庭抗礼者，也在这里找到一些说明。

大姐这次回来，并不是因为她梦见了一条神龙或一只猛虎落在母亲怀里，希望添个将来会"出将入相"①的小弟弟。快到年节，她还没有新的绫绢花儿、胭脂宫粉，和一些杂拌儿②。这末一项，是为给她的丈夫的。大姐夫虽已成了家，并且是不会骑马的骁骑校，可是在不少方面还像个小孩子，跟他的爸爸差不多。是的，他们老爷儿俩到时候就领银子，终年都有老米吃，干嘛注意天有多么高，地有多么厚

126

① 出将入相："出将"和"入相"是传统戏剧舞台上的"上场门"和"下场门"，这里借用"将""相"，有盼成大器的意思。
② 杂拌儿：各种果子做的果脯。

呢？生活的意义，在他们父子看来，就是每天要玩耍，玩得细致，考究，入迷。大姐丈不养靛颏儿，而英雄气概地玩鹞子和胡伯喇①，威风凛凛地去捕几只麻雀。这一阵子，他玩腻了鹞子与胡伯喇，改为养鸽子。他的每只鸽子都值那么一二两银子；"满天飞元宝"是他爱说的一句豪迈的话。他收藏的几件鸽铃都是名家制作，由古玩摊子上搜集来的。

　　大姐夫需要杂拌儿。每年如是：他用各色的洋纸糊成小高脚碟，以备把杂拌儿中的糖豆子、大扁杏仁等等轻巧地放在碟上，好像是为给他自己上供。一边摆弄，一边吃；往往小纸碟还没都糊好，杂拌儿已经不见了；尽管是这样，他也得到一种快感。杂拌儿吃完，他就设计糊灯笼，好在灯节悬挂起来。糊完春灯，他便动手糊风筝。这些小事情，他都极用心地去作；一两天或好几天，他逢人必说他手下的工作，不管人家爱听不爱听。在不断的商讨中，往往得到启发，他就从新设计，以期出奇制胜，有所创造。若是别人不愿意听，他便都说给我大姐，闹得大姐脑子里尽是春灯与风筝，以至耽误了正事，招得婆婆鸣炮一百零八响！

　　他们玩耍，花钱，可就苦了我的大姐。在家庭经济不景气的时候，他们不能不吵嘴，以资消遣。十之八九，吵到下不来台的时候，就归罪于我的大姐，一致进行讨伐。大姐夫虽然对大姐还不错，可是在混战之中也不敢不骂她。好嘛，什么都可以忍受，可就是不能叫老人们骂他怕老婆。因此，一来二去，大姐增添了一种本事：她能够在炮火连天之际，似乎听到一些声响，又似乎什么也没听见。似乎是她给自己的耳朵安上了避雷针。可怜的大姐！

　　大姐来到，立刻了解了一切。她马上派二姐去请"姥姥"，也就是收生婆。并且告诉二姐，顺脚儿去通知婆家：她可能回去的晚一些。大

---

① 胡伯喇：一种小而凶的鸟，喙长，爪利，饲养者多以其擒食麻雀为戏。北京土话，称无所事事者为"玩鹞鹰子"。

姐婆家离我家不远,只有一里多地。二姐飞奔而去。

姑母有了笑容,递给大姐几张老裕成钱铺特为年节给赏与压岁钱用的、上边印着刘海戏金蟾的、崭新的红票子,每张实兑大钱两吊。同时,她把弟妇生娃娃的一切全交给大姐办理,倘若发生任何事故,她概不负责。

二姐跑到大姐婆家的时候,大姐的公公正和儿子在院里放花炮。今年,他们负债超过了往年的最高纪录。腊月二十三过小年,他们理应想一想怎么还债,怎么节省开支,省得在年根底下叫债主子们把门环子敲碎。没有,他们没有那么想。大姐婆婆不知由哪里找到一点钱,买了头号的大糖瓜,带芝麻的和不带芝麻的,摆在灶王面前,并且瞪着眼下命令:"吃了我的糖,到天上多说几句好话,别不三不四地顺口开河,瞎扯!"两位男人呢,也不知由哪里弄来一点钱,都买了鞭炮。老爷儿俩都脱了长袍。老头儿换上一件旧狐皮马褂,不系钮扣,而用一条旧布裰包松拢着,十分潇洒。大姐夫呢,年轻火力壮,只穿着小棉袄,直打喷嚏,而连说不冷。鞭声先起,清脆紧张,一会儿便火花急溅,响成一片。儿子放单响的麻雷子,父亲放双响的二踢脚,间隔停匀,有板有眼:噼啪噼啪,咚;噼啪噼啪,咚——当!这样放完一阵,父子相视微笑,都觉得放炮的技巧九城第一,理应得到四邻的热情夸赞。

不管二姐说什么,中间都夹着麻雷子与二踢脚的巨响。于是,大姐的婆婆仿佛听见了:亲家母受了煤气。"是嘛!"她以压倒鞭炮的声音告诉二姐:"你们穷人总是不懂得怎么留神,大概其喜欢中煤毒!"她把"大概"总说成"大概其",有个"其"字,显着多些文采。说完,她就去换衣裳,要亲自出马,去抢救亲家母的性命,大仁大义。佐领与骁骑校根本没注意二姐说了什么,专心一志地继续放爆竹。即使听明白了二姐的报告,他们也不能一心二用,去考虑爆竹以外的问题。

我生下来,母亲昏了过去。大姐的婆母躲在我姑母屋里,二目圆睁,两腮的毒气肉袋一动一动地述说解救中煤毒的最有效的偏方。姑母老练地点起兰花烟,把老玉烟袋嘴儿斜放在嘴角,眉毛挑起多高,准备挑战。

"偏方治大病!"大姐的婆婆引经据典地说。

"生娃娃用不着偏方!"姑母开始进攻。

"那也看谁生娃娃!"大姐婆婆心中暗喜已到人马列开的时机。

"谁生娃娃也不用解煤气的偏方!"姑母从嘴角撤出乌木长烟袋,用烟锅子指着客人的鼻子。

"老姑奶奶!"大姐婆婆故意称呼对方一句,先礼后兵,以便进行歼灭战。"中了煤气就没法儿生娃娃!"

在这激烈舌战之际,大姐把我揣在怀里,一边为母亲的昏迷不醒而落泪,一边又为小弟弟的诞生而高兴。二姐独自立在外间屋,低声地哭起来。天很冷,若不是大姐把我揣起来,不管我的生命力有多么强,恐怕也有不小的危险。

二

姑母高了兴的时候,也格外赏脸地逗我一逗,叫我"小狗尾巴",因为,正如前面所交代的,我是生在戊戌年(狗年)的尾巴上。连她高了兴,幽默一下,都不得人心!我才不愿意当狗尾巴呢!伤了一个孩子的自尊心,即使没有罪名,也是个过错!看,直到今天,每逢路过狗尾巴胡同,我的脸还难免有点发红!

不过,我还要交代些更重要的事情,就不提狗尾巴了吧。可以这么说:我只赶上了大清皇朝的"残灯末庙"。在这个日落西山的残景里,尽管大姐婆婆仍然常常吹嘘她是子爵的女儿、佐领的太太,可是谁也明白她是虚张声势，威风只在嘴皮子上了。是呀，连向她讨债的卖烧饼的都敢指着她的鼻子说："吃了烧饼不还钱，怎么，还有理吗？"至于我们穷旗兵们，虽然好歹地还有点铁杆庄稼，可是已经觉得脖子上仿佛有根绳子，越勒越紧！

以我们家里说，全家的生活都仗着父亲的三两银子月饷，和春秋两季发下来的老米维持着。多亏母亲会勤俭持家，这点收入才将将使我们不至沦为乞丐。

二百多年积下的历史尘垢，使一般的旗人既忘了自遣，也忘了自励。我们创造了一种独具风格的生活方式：有钱的真讲究，没钱的穷讲究。生命就这么沉浮在有讲究的一汪死水里。是呀，以大姐的公公来说吧，他为官如何，和会不会冲锋陷阵，倒似乎都是次要的。他和他的亲友仿佛一致认为他应当食王禄，唱快书，和养四只靛颏儿。同样地，大姐丈不仅满意他的"满天飞元宝"，而且情愿随时为一只鸽子而牺牲了自己。是，不管他去办多么要紧的公事或私事，他的眼睛总看着天空，决不考虑可能撞倒一位老太太或自己的头上碰个大包。他必须看着天空。万一有那么一只掉了队的鸽子，飞的很低，东张西望，分明是十分疲乏，急于找个地方休息一下。见此光景，就是身带十万火急的军令，他也得飞跑回家，放起几只鸽子，把那只自天而降的"元宝"裹了下来。能够这样俘获一只别人家的鸽子，对大姐夫来说，实在是最大最美的享受！至于因此而引起纠纷，那，他就敢拿刀动杖，舍命不舍鸽子，吓得大姐浑身颤抖。

是，他们老爷儿俩都有聪明、能力、细心，但都用在从微不足道的事物中得到享受与刺激。他们在蛐蛐罐子、鸽铃、干炸丸子……等等上提高了文化，可是对天下大事一无所知。他们的一生像作着个细巧的、明白而又有点糊涂的梦。

妇女们极讲规矩。是呀，看看大姐吧！她在长辈面前，一站就是几个钟头，而且笑容始终不懈地摆在脸上。同时，她要眼观四路，看

着每个茶碗，随时补充热茶；看着水烟袋与旱烟袋，及时地过去装烟，吹火纸捻儿。她的双手递送烟袋的姿态够多么美丽得体，她的嘴唇微动，一下儿便把火纸吹燃，有多么轻巧美观。这些，都得到老太太们（不包括她的婆婆）的赞叹，而谁也没注意她的腿经常浮肿着。在长辈面前，她不敢多说话，又不能老在那儿呆若木鸡地侍立。她须精心选择最简单而恰当的字眼，在最合适的间隙，像舞台上的锣鼓点儿似的那么准确，说那么一两小句，使老太太们高兴，从而谈得更加活跃。

　　这种生活艺术在家里得到经常的实践，以备特别加工，拿到较大的场合里去。亲友家给小孩办三天、满月，给男女作四十或五十整寿，都是这种艺术的表演竞赛大会。至于婚丧大典，那就更须表演的特别精采，连笑声的高低，与请安的深浅，都要恰到好处，有板眼，有分寸。姑母和大姐的婆婆若在这种场合相遇，她们就必须出奇制胜，各显其能，用各种笔法，旁敲侧击，打败对手，传为美谈。办理婚丧大事的主妇也必须眼观六路、耳听八方，随时随地使这种可能产生严重后果的耍弄与讽刺大事化小，小事化无。同时，她还要委托几位负有重望的妇女，帮助她安排宾客们的席次，与入席的先后次序。安排得稍欠妥当，就有闹得天翻地覆的危险。她们必须知道谁是二姥姥的姑舅妹妹的干儿子的表姐，好来与谁的小姨子的公公的盟兄弟的寡嫂，作极细致的分析比较，使她们的席位各得其所，心服口服，吃个痛快。经过这样的研究，而两位客人是半斤八两，不差一厘，可怎么办呢？要不怎么，不但必须记住亲友们的生年月日，而且要记得落草儿的时辰呢！这样分量完全相同的客人，也许还是同年同月同日生的呀！可是二嫂恰好比六嫂早生了一点钟，这就解决了问题。当然，六嫂虽晚生了六十分钟，而丈夫是三品顶戴，比二嫂的丈夫高着两品，这就又须从长研究，另作安排了。是的，我大姐虽然不识一个字，她可是一本活书，记得所有的亲友的生辰八字儿。不管她的婆婆要怎样惑乱人心，我可的确

知道我是戊戌年腊月二十三日酉时生的,毫不动摇,因为有大姐给我作证!

这些婚丧大典既是那么重要,亲友家办事而我们缺礼,便是大逆不道。母亲没法把送礼这笔支出打在预算中,谁知道谁什么时候死,什么时候生呢?不幸而赶上一个月里发生好几件红白事,母亲的财政表格上便有了赤字。她不能为减少赤字,而不给姑姑老姨儿们去拜寿,不给胯骨上的亲戚①吊丧或贺喜。不去给亲友们行礼等于自绝于亲友,没脸再活下去,死了也欠光荣。而且,礼到人不到还不行啊。这就须于送礼而外,还得整理鞋袜,添换头绳与绢花,甚至得作非作不可的新衣裳。这又是一笔钱。去吊祭或贺喜的时候,路近呢自然可以勉强走了去,若是路远呢,难道不得雇辆骡车么?在那文明的年月,北京的道路一致是灰沙三尺,恰似香炉。好嘛,打扮得漂漂亮亮的,而在香炉里走十里八里,到了亲友家已变成了土鬼,岂不是大笑话么?骡车可是不能白坐,这又是个问题!去行人情,岂能光拿着礼金礼品,而腰中空空如也呢。假若人家主张凑凑十胡什么的,难道可以严词拒绝么?再说,见了晚一辈或两辈的孙子们,不得给二百钱吗?是呀,办婚丧大事的人往往倾家荡产,难道亲友不应当舍命陪君子么?

母亲最怕的是亲友家娶媳妇或聘姑娘而来约请她作娶亲太太或送亲太太。这是一种很大的荣誉:不但寡妇没有这个资格,就是属虎的或行为有什么不检之处的"全口人"②也没有资格。只有堂堂正正,一步一个脚印的妇人才能负此重任。人家来约请,母亲没法儿拒绝。谁肯把荣誉往外推呢?可是,去作娶亲太太或送亲太太不但必须坐骡车,而且平日既无女仆,就要雇个临时的、富有经验的、干净利落的老妈子。有人搀着上车下车、出来进去,才像个娶亲太太或送亲太太呀!至于服装首饰呢,用不着说,必须格外出色,才能压得住台。母亲最恨向别人借

---

① 胯骨上的亲戚:比喻关系极远、极不沾边的亲戚。
② 全口人:丈夫子女俱全、"有福气"的妇女。

东西，可是她又绝对没有去置办几十两银子一件的大缎子、绣边儿的氅衣，和真金的扁方①、耳环，大小头簪。她只好向姑母开口。姑母有成龙配套的衣裳与首饰，可就是不愿出借！姑母在居孀之后，固然没有作娶亲或送亲太太的资格，就是在我姑父活着的时候，她也很不易得到这种荣誉。是呀，姑父到底是唱戏的不是，既没有弄清楚，谁能够冒冒失失地来邀请姑母出头露面呢？大家既不信任姑母，姑母也就不肯往外借东西，作为报复。

于是，我父亲就须亲自出马，向姑母开口。亲姐弟之间，什么话都可以说。大概父亲必是完全肯定了"唱戏的并不下贱"，姑母才把带有樟脑味儿的衣服，和式样早已过了时而分量相当重的首饰拿出来。

这些非应酬不可的应酬，提高了母亲在亲友眼中的地位。大家都夸她会把钱花在刀刃儿上。可也正是这个刀刃儿使母亲关到钱粮发愁，关不下来更发愁。是呀，在我降生的前后，我们的铁杆儿庄稼虽然依然存在，可是逐渐有点歉收了，分量不足，成色不高。赊欠已成了一种制度。卖烧饼的、卖炭的、倒水的都在我们的，和许多人家的门垛子上画上白道道，五道儿一组，颇像鸡爪子。我们先吃先用，钱粮到手，按照鸡爪子多少还钱。母亲是会过日子的人，她只许卖烧饼的、卖炭的、倒水的在我们门外画白道道，而绝对不许和卖酥糖的，卖糖葫芦的等等发生鸡爪子关系。姑母白吃我们的水，随便拿我们的炭，而根本不吃烧饼——她的红漆盒子里老储存着"大八件"一级的点心。因此，每逢她看见门垛子上的鸡爪图案，就对门神爷眨眨眼，表明她对这些图案不负责任！我大姐婆家门外，这种图案最为丰富。除了我大姐没有随便赊东西的权利，其余的人是凡能赊者必赊之。大姐夫说的好：反正钱粮下来就还钱，一点不丢人！

在门外的小贩而外，母亲只和油盐店、粮店，发生赊账的关系。我

---

① 扁方：满族妇女梳旗头时所用的特殊大簪，呈扁平一字形。

们不懂吃饭馆，我们与较大的铺户，如绸缎庄、首饰楼、同仁堂老药铺等等都没有什么贸易关系。我们每月必须请几束高香，买一些茶叶末儿，香烛店与茶庄都讲现钱交易；概不赊欠。

虽然我们的赊账范围并不很大，可是这已足逐渐形成寅吃卯粮的传统。这就是说：领到饷银，便去还债。还了债，所余无几，就再去赊。假若出了意外的开销，像获得作婆亲太太之类的荣誉，得了孙子或外孙子，还债的能力当然就减少，而亏空便越来越大。因此，即使关下银子来，母亲也不能有喜无忧。

姑母经常出门：去玩牌、逛护国寺、串亲戚、到招待女宾的曲艺与戏曲票房去听清唱或彩排，非常活跃。她若是去赌钱，母亲便须等到半夜。若是忽然下了雨或雪，她和二姐还得拿着雨伞去接。母亲认为把大姑子伺候舒服了，不论自己吃多大的苦，也比把大姑子招翻了强的多。姑母闹起脾气来是变化万端，神鬼难测的。假若她本是因嫌茶凉而闹起来，闹着闹着就也许成为茶烫坏她的舌头，而且把我们的全家，包括着大黄狗，都牵扯在内，都有意要烫她的嘴，使她没法儿吃东西，饿死！这个蓄意谋杀的案件至少要闹三四天！

与姑母相反，母亲除了去参加婚丧大典，不大出门。她喜爱有条有理地在家里干活儿。她能洗能作，还会给孩子剃头，给小媳妇们铰脸——用丝线轻轻地勒去脸上的细毛儿，为是化妆后，脸上显着特别光润。可是，赶巧了，父亲正去值班，而衙门放银子，母亲就须亲自去领取。我家离衙门并不很远，母亲可还是显出紧张，好像要到海南岛去似的。领了银子（越来分两越小），她就手儿在街上兑换了现钱。那时候，山西人开的烟铺、回教人开的蜡烛店，和银号钱庄一样，也兑换银两。母亲是不喜欢算计一两文钱的人，但是这点银子关系着家中的"一月大计"，所以她也既腼腆又坚决地多问几家，希望多换几百钱。有时候，在她问了两家之后，恰好银盘儿落了，她饶白跑了腿，还少换了几百钱。

拿着现钱回到家,她开始发愁。二姐赶紧给她倒上一碗茶——用小沙壶沏的茶叶末儿,老放在炉口旁边保暖,茶汁很浓,有时候也有点香味。二姐可不敢说话,怕搅乱了母亲的思路。她轻轻地出去,到门外去数墙垛上的鸡爪图案,详细地记住,以备作母亲制造预算的参考材料。母亲喝了茶,脱了刚才上街穿的袍罩,盘腿坐在炕上。她抓些铜钱当算盘用,大点儿的代表一吊,小点的代表一百。她先核计该还多少债,口中念念有词,手里掂动着几个铜钱,而后摆在左方。左方摆好,一看右方(过日子的钱)太少,就又轻轻地从左方撤下几个钱,心想:对油盐店多说几句好话,也许可以少还几个。想着想着,她的手心上就出了汗,很快地又把撤下的钱补还原位。不,她不喜欢低三下四地向债主求情;还!还清!剩多剩少,就是一个不剩,也比叫掌柜的或大徒弟高声申斥好的多。是呀,在太平天国、英法联军、甲午海战等等风波之后,不但高鼻子的洋人越来越狂妄,看不起皇帝与旗兵,连油盐店的山东人和钱铺的山西人也对旗籍主顾们越来越不客气了。他们竟敢瞪着包子大的眼睛挖苦、笑骂吃了东西不还钱的旗人,而且威胁从此不再记账,连块冻豆腐都须现钱交易!母亲虽然不知道国事与天下事,可是深刻地了解这种变化。即使她和我的父亲商议,他——负有保卫皇城重大责任的旗兵,也只会惨笑一下,低声地说:先还债吧!

　　左方的钱码比右方的多着许多!母亲的鬓角也有了汗珠!她坐着发愣,左右为难。最后,二姐搭讪着说了话:"奶奶!还钱吧,心里舒服!这个月,头绳、锭儿粉、梳头油,咱们都不用买!咱们娘儿俩多给灶王爷磕几个头,告诉他老人家:以后只给他上一炷香,省点香火!"

　　母亲叹了口气:"唉!叫灶王爷受委屈,于心不忍哪!"

　　"咱们也苦着点,灶王爷不是就不会挑眼了吗?"二姐提出具体的意见:"咱们多端点豆汁儿,少吃点硬的;多吃点小葱拌豆腐,少吃点炒菜,不就能省下不少吗?"

　　"二妞,你是个明白孩子!"母亲在愁苦之中得到一点儿安慰,"好

吧，咱们多勒勒裤腰带吧！你去，还是我去？"

"您歇歇吧，我去！"

母亲就把铜钱和钱票一组一组地分清楚，交给二姐，并且嘱咐了又嘱咐："还给他们，马上就回来！你虽然还梳着辫子，可也不小啦！见着便宜坊①的老王掌柜，不准他再拉你的骆驼；告诉他：你是大姑娘啦！"

"嗐，老王掌柜快七十岁了，叫他拉拉也不要紧！"二姐笑着，紧紧握着那些钱，走了出去。所谓拉骆驼者，就是年岁大的人用中指与食指夹一夹孩子的鼻子，表示亲热。

二姐走后，母亲呆呆地看着炕上那一小堆儿钱，不知道怎么花用，才能对付过这一个月去。以她的洗作本领和不怕劳苦的习惯，她常常想去向便宜坊老王掌柜那样的老朋友们说说，给她一点活计，得些收入，就不必一定非喝豆汁儿不可了。二姐也这么想，而且她已经学的很不错：下至衲鞋底袜底，上至扎花儿、钉纽绊儿，都拿得起来。二姐还以为拉过她的骆驼的那些人，像王老掌柜与羊肉床子②上的金四把③叔叔，虽然是汉人与回族人，可是在感情上已然都不分彼此，给他们洗洗作作，并不见得降低了自己的身份。况且，大姐曾偷偷地告诉过她：金四把叔叔送给了大姐的公公两只大绵羊，就居然补上了缺，每月领四两银子的钱粮。二姐听了，感到十分惊异：金四叔？他是回族人哪！大姐说：是呀！千万别喧嚷出去呀！叫上边知道了，我公公准得丢官罢职！二姐没敢去宣传，大姐的公公于是也就没有丢官罢职。有这个故事在二姐心里，她就越觉得大伙儿都是一家人，谁都可以给谁干点活儿，不必问谁是旗人，谁是汉人或回族人。她并且这么推论：既是送绵羊可以得钱粮，若是赠送骆驼，说不定还能

---

① 便宜坊：北京的一家卖熟肉和生猪肉的铺子，后成为著名的烤鸭店。
② 羊肉床子：羊肉铺。
③ 金四把：把即"爷"，在回民中，这样称呼有年纪的人，显着亲切尊敬（与称爷爷为"把把"不同）。如常七把即常七爷，金四把即金四爷。

作王爷呢！到后来，我懂了点事的时候，我觉得二姐的想法十分合乎逻辑。

可是，姑母绝对不许母亲与二姐那么办。她不反对老王掌柜与金四把，她跟他们，比起我们来，有更多的来往：在她招待客人的时候，她叫得起便宜坊的苏式盒子；在过阴天①的时候，可以定买金四把的头号大羊肚子或是烧羊脖子。我们没有这种气派与财力。她的大道理是：妇女卖苦力给人家作活、洗衣裳，是最不体面的事！"你们要是那么干，还跟三河县的老妈子有什么分别呢？"母亲明知三河县的老妈子是出于饥寒所迫，才进城来找点事作，并非天生来的就是老妈子，像皇上的女儿必是公主那样。但是，她不敢对大姑子这么说，只笑了笑，就不再提起。

在关饷发愁之际，母亲若是已经知道，东家的姑娘过两天出阁，西家的老姨娶儿媳妇，她就不知须喝多少沙壶热茶。她不饿，只觉得口中发燥。除了对姑母说话，她的脸上整天没个笑容！可怜的母亲！

我不知道母亲年轻时是什么样子。我是她四十岁后生的"老"儿子。但是，从我一记事儿起，直到她去世，我总以为她在二三十岁的时节，必定和我大姐同样俊秀。是，她到了五十岁左右还是那么干净体面，倒仿佛她一点苦也没受过似的。她的身量不高，可是因为举止大方，并显不出矮小。她的脸虽黄黄的，但不论是发着点光，还是暗淡一些，总是非常恬静。有这个脸色，再配上小而端正的鼻子，和很黑很亮、永不乱看的眼珠儿，谁都可以看出她有一股正气，不会有一点坏心眼儿。乍一看，她仿佛没有什么力气，及至看到她一气就洗出一大堆衣裳，就不难断定：尽管她时常发愁，可决不肯推卸责任。

是呀，在生我的第二天，虽然她是那么疲倦虚弱，嘴唇还是白的，她可还是不肯不操心。她知道：平常她对别人家的红白事向不缺礼，不

---

① 过阴天：指阴天下雨，出不了门，在家寻常消遣。

管自己怎么发愁为难。现在,她得了"老"儿子,亲友怎能不来贺喜呢?大家来到,拿什么招待呢?父亲还没下班儿,正月的钱粮还没发放。向姑母求援吧,不好意思。跟二姐商议吧,一个小姑娘可有什么主意呢。看一眼身旁的瘦弱的、几乎要了她的命的"老"儿子,她无可如何地落了泪。

三

果然,第二天早上,二哥福海搀着大舅妈,声势浩大地来到。他们从哪里得到的消息,至今还是个疑问。不管怎样吧,大舅妈是非来不可的。按照那年月的规矩,姑奶奶作月子,须由娘家的人来服侍。这证明姑娘的确是赔钱货,不但出阁的时候须由娘家赔送四季衣服、金银首饰,乃至箱柜桌椅,和鸡毛掸子;而且在生儿养女的时节,娘家还须派人来服劳役。

大舅妈的身量小,咳嗽的声音可很洪亮。一到冬天,她就犯喘,咳嗽上没完。咳嗽稍停,她就拿起水烟袋咕噜一阵,预备再咳嗽。她还离我家有半里地,二姐就惊喜地告诉母亲:大舅妈来了!大舅妈来了!母亲明知娘家嫂子除了咳嗽之外,并没有任何长处,可还是微笑了一下。大嫂冒着风寒,头一个来贺喜,实在足以证明娘家人对她的重视,嫁出的女儿并不是泼出去的水。母亲的嘴唇动了动。二姐没听见什么,可是急忙跑出去迎接舅妈。

二哥福海和二姐耐心地搀着老太太,从街门到院里走了大约二十多分钟。二姐还一手搀着舅妈,一手给她捶背。因此,二姐没法儿接过二哥手里提的水烟袋、食盒(里面装着红糖与鸡蛋),和蒲包儿(内装破边的桂花"缸炉"与槽子糕)①。

---

① 蒲包儿:旧时送礼用的点心或水果包,以香蒲编成。缸炉:北京的一种混糖糕点,高庄正六边形,数个连在一起,掰而食之。因为掰得不整齐,所以说是"破边"。

好容易喘过一口气来，大舅妈嘟囔了两句。二哥把手中的盒子与蒲包交给了二姐，而后搀着妈妈去拜访我姑母。不管喘得怎么难过，舅妈也忘不了应当先去看谁。可是也留着神，把食品交给我二姐，省得叫我姑母给扣下。姑母并不缺嘴，但是看见盒子与蒲包，总觉得归她收下才合理。

大舅妈的访问纯粹是一种外交礼节，只须叫声老姐姐，而后咳嗽一阵，就可以交代过去了。姑母对大舅妈本可以似有若无地笑那么一下就行了，可是因为有二哥在旁，她不能不表示欢迎。

在亲友中，二哥福海到处受欢迎。他长得短小精悍，既壮实又秀气，既漂亮又老成。圆圆的白净子脸，双眼皮，大眼睛。他还没开口，别人就预备好听两句俏皮而颇有道理的话。及至一开口，他的眼光四射，满面春风，话的确俏皮，而不伤人；颇有道理，而不老气横秋。他的脑门以上总是青青的，像年画上胖娃娃的青头皮那么清鲜，后面梳着不松不紧的大辫子，既稳重又飘洒。他请安请得最好看：先看准了人，而后俯首急行两步，到了人家的身前，双手扶膝，前腿实，后腿虚，一趋一停，毕恭毕敬。安到话到，亲切诚挚地叫出来："二婶儿，您好！"而后，从容收腿，挺腰敛胸，双臂垂直，两手向后稍拢，两脚并齐"打横儿"。这样的一个安，叫每个接受敬礼的老太太都哈腰儿还礼，并且暗中赞叹：我的儿子要能够这样懂得规矩，有多么好啊！

他请安好看，坐着好看，走道儿好看，骑马好看，随便给孩子们摆个金鸡独立，或骑马蹲裆式就特别好看。他是熟透了的旗人，既没忘记二百多年来的骑马射箭的锻炼，又吸收了汉族、蒙族和回族的文化。论学习，他文武双全；论文化，他是"满汉全席"。他会骑马射箭，会唱几段（只是几段）单弦牌子曲，会唱几句（只是几句）汪

读给孩子的故乡与童年

派的《文昭关》①，会看点风水，会批八字儿。他知道怎么养鸽子，养鸟，养骡子与金鱼。可是他既不养鸽子、鸟，也不养骡子与金鱼。他有许多正事要作，如代亲友们去看棺材，或介绍个厨师傅等等，无暇养那些小玩艺儿。大姐夫虽然自居内行，养着鸽子，或架着大鹰，可是每逢遇见福海二哥，他就甘拜下风，颇有意把他的满天飞的元宝都廉价卖出去。福海二哥也精于赌钱，牌九、押宝、抽签子、掷骰子、斗十胡、踢球、"打老打小"，他都会。但是，他不赌。只有在老太太们想玩十胡而凑不上手的时候，他才逢场作戏，陪陪她们。他既不多输，也不多赢。若是赢了几百钱，他便买些糖豆大酸枣什么的分给儿童们。

　　他这个熟透了的旗人其实也就是半个、甚至于是三分之一的旗人。这可与血统没有什么关系。以语言来说，他只会一点点满文，谈话，写点什么，他都运用汉语。他不会吟诗作赋，也没学过作八股或策论，可是只要一想到文艺，如编个岔曲，写副春联，他总是用汉文去思索，一回也没考虑过可否试用满文。当他看到满、汉文并用的匾额或碑碣，他总是欣赏上面的汉字的秀丽或刚劲，而对旁边的满字便只用眼角照顾一下，敬而远之。至于北京话呀，他说的是那么漂亮，以至使人认为他是这种高贵语言的创造者。即使这与历史不大相合，至少他也应该分享"京腔"创作者的一份儿荣誉。是的，他的前辈们不但把一些满文词儿收纳在汉语之中，而且创造了一种轻脆快当的腔调；到了他这一辈，这腔调有时候过于轻脆快当，以至有时候使外乡人听不大清楚。

　　可是，惊人之笔是在这里：他是个油漆匠！我的大舅是三品亮蓝

---

①　汪派：指汪桂芬，清光绪间与谭鑫培、孙菊仙齐名的著名京剧老生。《文昭关》：传统戏剧，演《列国演义》中伍子胥的故事。

顶子的参领①，而儿子居然学过油漆彩画，谁能说他不是半个旗人呢？

我大姐的婚事是我大舅给作的媒人。大姐婆婆是子爵的女儿、佐领的太太，按理说她绝对不会要个旗兵的女儿作儿媳妇，不管我大姐长的怎么俊秀，手脚怎么利落。大舅的亮蓝顶子起了作用。大姐的公公不过是四品呀。在大姐结婚的那天，大舅亲自出马作送亲老爷，并且约来另一位亮蓝顶子的，和两位红顶子的，二蓝二红，都戴花翎，组成了出色的送亲队伍。而大姐的婆婆呢，本来可以约请四位红顶子的来迎亲，可是她以为我们绝对没有能力组织个强大的队伍，所以只邀来四位五品官儿，省得把我们都吓坏了。结果，我们取得了绝对压倒的优势，大快人心！受了这个打击，大姐婆婆才不能不管我母亲叫亲家太太，而姑母也乘胜追击，郑重声明；她的丈夫（可能是汉人！）也作过二品官！

大姐后来嘱咐过我，别对她婆婆说，二哥福海是拜过师的油漆匠。是的，若是当初大姐婆婆知道二哥的底细，大舅作媒能否成功便大有问题了，虽然他的失败也不见得对大姐有什么不利。

二哥有远见，所以才去学手艺。按照我们的佐领制度，旗人是没有什么自由的，不准随便离开本旗，随便出京；尽管可以去学手艺，可是难免受人家的轻视。他应该去当兵，骑马射箭，保卫大清皇朝。可是，旗族人口越来越多，而旗兵的数目是有定额的。于是，老大老二也许补上缺，吃上钱粮，而老三老四就只好赋闲。这样，一家子若有几个白丁，生活就不能不越来越困难。这种制度曾经扫南荡北，打下天下；这种制度可也逐渐使旗人失去自由，失去自信，还有多少人终身失业。

同时，吃空头钱粮的在在皆是，又使等待补缺的青年失去有缺即补的机会。我姑母，一位寡妇，不是吃着好几份儿钱粮么？

---

① 参领：八旗兵制，五"牛录"设一"甲喇"，统领"甲喇"的军官，满语叫作"甲喇额真"，汉译"参领"，其位在"佐领"之上。亮蓝顶子：三品官的蓝宝石或蓝色明玻璃顶戴。

我三舅有五个儿子，都虎头虎脑的，可都没有补上缺。可是，他们住在郊外，山高皇帝远。于是这五虎将就种地的种地，学手艺的学手艺，日子过得很不错。福海二哥大概是从这里得到了启发，决定自己也去学一门手艺。二哥也看得很清楚：他的大哥已补上了缺，每月领四两银子；那么他自己能否也当上旗兵，就颇成问题。以他的聪明能力而当一辈子白丁，甚至连个老婆也娶不上，可怎么好呢？他的确有本领，骑术箭法都很出色。可是，他的本领只足以叫他去作枪手①，替崇家的小罗锅，或明家的小瘸子去箭中红心，得到钱粮。是呀，就是这么一回事：他自己有本领，而补不上缺，小罗锅与小瘸子肯花钱运动，就能通过枪手而当兵吃饷！二哥在得一双青缎靴子或几两银子的报酬而外，还看明白：怪不得英法联军直入公堂地打进北京，烧了圆明园！凭吃几份儿饷银的寡妇、小罗锅、小瘸子，和像大姐公公那样的佐领、像大姐夫那样的骁骑校，怎么能挡得住敌兵呢！他决定去学手艺！是的，历史发展到一定的阶段，总会有人，像二哥，多看出一两步棋的。

大哥不幸一病不起，福海二哥才有机会补上了缺。于是，到该上班的时候他就去上班，没事的时候就去作点油漆活儿，两不耽误。老亲旧友们之中，有的要漆一漆寿材，有的要油饰两间屋子以备娶亲，就都来找他。他会替他们省工省料，而且活儿作得细致。

当二哥作活儿的时候，他似乎忘了他是参领的儿子，吃着钱粮的旗兵。他的工作服，他的认真的态度，和对师兄师弟的亲热，都叫他变成另一个人，一个汉人，一个工人，一个顺治与康熙所想象不到的旗人。

二哥还信白莲教②！他没有造反、推翻皇朝的意思，一点也没有。

———————
① 枪手：代人应试者。
② 白莲教：原为元代、明代农民起义组织，清末的义和团运动继续了白莲教的战斗传统，老百姓有时也把义和团叫作白莲教。

他只是为坚守不动烟酒的约束，而入了"理门"①。本来，在友人让烟让酒的时候，他拿出鼻烟壶，倒出点茶叶末颜色的闻药来，抹在鼻孔上，也就够了。大家不会强迫一位"在理儿的"破戒。可是，他偏不说自己"在理儿"，而说：我是白莲教！不错，"理门"确与白莲教有些关系，可是在一般人的心目中，"在理儿"是好事，而白莲教便有些可怕了。母亲便对他说过："老二，在理儿的不动烟酒，很好！何必老说白莲教呢，叫人怪害怕的！"二哥听了，便爽朗地笑一阵："老太太！我这个白莲教不会造反！"母亲点点头："对！那就好！"

　　大姐夫可有不同的意见。在许多方面，他都敬佩二哥。可是，他觉得二哥的当油漆匠与自居为白莲教徒都不足为法。大姐夫比二哥高着一寸多。二哥若是虽矮而不显着矮，大姐夫就并不太高而显着晃晃悠悠。干什么他都慌慌张张，冒冒失失。长脸、高鼻子、大眼睛，他坐定了的时候显得很清秀体面。可是，他总坐不住，像个手脚不识闲的大孩子。一会儿，他要看书，便赶紧拿起一本《五虎平西》②——他的书库里只有一套《五虎平西》，一部《三国志演义》，四五册小唱本儿，和他幼年读过的一本《六言杂字》③。刚拿起《五虎平西》，他想起应当放鸽子，于是顺手儿把《五虎平西》放在窗台上，放起鸽子来。赶到放完鸽子，他到处找《五虎平西》，急得又嚷嚷又跺脚。及至一看它原来就在窗台上，便不去管它，而哼哼唧唧地往外走，到街上去看出殡的。

　　他很珍视这种想干什么就干什么的"自由"。他以为这种自由是祖宗所赐，应当传之永远，"子子孙孙永宝用"！因此，他觉得福海二哥去当匠人是失去旗人的自尊心，自称白莲教是同情叛逆。前些年，他不记得是哪一年了，白莲教不是造过反吗？

---

① 理门："在理会"，又称"在家理"，旧时流行在我国北方的一种会道门。入会都禁烟酒，供奉观音像。
②《五虎平西》：演义小说，写宋代狄青平西故事。
③《六言杂字》：一种极普通的六言韵文识字读本。

在我降生前的几个月里,我的大舅、大姐的公公和丈夫,都真着了急。他们都激烈地反对变法。大舅的理由很简单,最有说服力:祖宗定的法不许变!大姐公公说不出更好的道理来,只好补充了一句:要变就不行!事实上,这两位官儿都不大知道要变的是哪一些法,而只听说:一变法,旗人就须自力更生,朝廷不再发给钱粮了。

大舅已年过五十,身体也并不比大舅妈强着多少,小辫儿须续上不少假头发才勉强够尺寸,而且因为右肩年深日久地向前探着,小辫儿几乎老在肩上扛着,看起来颇欠英武。自从听说要变法,他的右肩更加突出,差不多是斜着身子走路,像个断了线的风筝似的。

大姐的公公很硬朗,腰板很直,满面红光。他每天一清早就去遛鸟儿,至少要走五六里路。习以为常,不走这么多路,他的身上就发僵,而且鸟儿也不歌唱。尽管他这么硬朗,心里海阔天空,可是听到铁杆庄稼有点动摇,也颇动心,他的咳嗽的音乐性减少了许多。他找了我大舅去。

笼子还未放下,他先问有猫没有。变法虽是大事,猫若扑伤了蓝靛颏儿,事情可也不小。

"云翁!"他听说此地无猫,把鸟笼放好,有点急切地说:"云翁!"

大舅的号叫云亭。在那年月,旗人越希望永远作旗人,子孙万代,可也越爱摹仿汉人。最初是高级知识分子,在名字而外,还要起个字雅音美的号。慢慢地,连参领佐领们也有名有号,十分风雅。到我出世的时候,连原来被称为海二哥和恩四爷的旗兵或白丁,也都什么臣或什么甫起来。是的,亭、臣、之、甫是四个最时行的字。大舅叫云亭,大姐的公公叫正臣,而大姐夫别出心裁地自称多甫,并且在自嘲的时节,管自己叫豆腐。多甫也罢,豆腐也罢,总比没有号好的多。若是人家拱手相问:您台甫①?而回答不出,岂不比豆腐更糟么?

---

① 台甫:问人家表字时的敬辞。

大舅听出客人的语气急切,因而不便马上动问。他比客人高着一品,须拿出为官多年,经验丰富,从容不迫的神态来。于是,他先去看鸟,而且相当内行地夸赞了几句。直到大姐公公又叫了两声云翁,他才开始说正经话:"正翁!我也有点不安!真要是自力更生,您看,您看,我五十多了,头发掉了多一半,肩膀越来越歪,可叫我干什么去呢?这不是什么变法,是要我的老命!"

"嗻!是!"正翁轻嗽了两下,几乎完全没有音乐性。"是!出那样主意的人该剐!云翁,您看我,我安分守己,自幼儿就不懂要完星星,要月亮!可是,我总得穿的整整齐齐,干干净净吧?我总得炒点腰花,来个木樨肉下饭吧?我总不能不天天买点嫩羊肉,喂我的蓝靛颏儿吧?难道这些都是不应该的?应该!应该!"

"咱们哥儿们没作过一件过分的事!"

"是嘛!真要是不再发钱粮,叫我下街去卖……"正翁把手搭在耳朵上,学着小贩的吆喝,眼中含着泪,声音凄楚:"赛梨哪,辣来换!我,我……"他说不下去了。

"正翁,您的身子骨儿比我结实多了。我呀,连卖半空儿多给,都受不了啊!"

"云翁!云翁!您听我说!就是给咱们每人一百亩地,自耕自种,咱们有办法没有?"

"由我这儿说,没有!甭说我拿不动锄头,就是拿得动,我要不把大拇脚趾头锄掉了,才怪!"

老哥俩又讨论了许久,毫无办法。于是就一同到天泰轩去,要了一斤半柳泉居自制的黄酒,几个小烧(烧子盖与炸鹿尾之类),吃喝得相当满意。吃完,谁也没带着钱,于是都争取记在自己的账上,让了有半个多钟头。

可是,在我降生的时候,变法之议已经完全作罢,而且杀了几位主张变法的人。云翁与正翁这才又安下心去,常在天泰轩会面。每逢他们

听到卖萝卜的"赛梨哪,辣来换"的呼声,或卖半空花生的"半空儿多给"的吆喝,他们都有点怪不好意思;作了这么多年的官儿,还是沉不住气呀!

多甫大姐夫,在变法潮浪来得正猛的时节,佩服了福海二哥,并且不大出门,老老实实地在屋中温习《六言杂字》。他非常严肃地跟大姐讨论:"福海二哥真有先见之明!我看咱们也得想个法!"

"对付吧!没有过不去的事!"大姐每逢遇到难以解决的问题,总是拿出这句名言来。

"这回呀,就怕对付不过去!"

"你有主意,就说说吧!多甫!"大姐这样称呼他,觉得十分时髦、漂亮。

"多甫?我是大豆腐!"大姐夫惨笑了几声。"现而今,当瓦匠、木匠、厨子、裱糊匠什么的,都有咱们旗人。"

"你打算……"大姐微笑地问,表示嫁鸡随鸡,嫁狗随狗,他去学什么手艺,她都不反对。

"学徒,来不及了!谁收我这么大的徒弟呢?我看哪,我就当鸽贩子去,准行!鸽子是随心草儿,不爱,白给也不要;爱,十两八两也肯花。甫多了,每月我只作那么一两号俏买卖①,就够咱们俩吃几十天的!"

"那多么好啊!"大姐信心不大地鼓舞着。

大姐夫挑了两天,才狠心挑出一对紫乌头来,去作第一号生意。他并舍不得出手这一对,可是朝廷都快变法了,他还能不坚强点儿么?及至到了鸽子市上,认识他的那些贩子们一口一个多甫大爷,反倒卖给他两对鸽铃,一对凤头点子。到家细看,凤头是用胶水粘合起来的。他没敢再和大姐商议,就偷偷撤销了贩卖鸽子的决定。

---

① 俏买卖:销路很好的生意。

变法的潮浪过去了，他把大松辫梳成小紧辫，摹仿着库兵①，横眉立目地满街走，倒仿佛那些维新派是他亲手消灭了的。同时，他对福海二哥也不再那么表示钦佩。反之，他觉得二哥是脚踩两只船，有钱粮就当兵，没有钱粮就当油漆匠，实在不能算个地道的旗人，而且难免白莲教匪的嫌疑。

书归正传：大舅妈拜访完了我的姑母，就同二哥来看我们。大舅妈问长问短，母亲有气无力地回答，老姐儿们都落了点泪。收起眼泪，大舅妈把我好赞美了一顿：多么体面哪！高鼻子，大眼睛，耳朵有多么厚实！

福海二哥笑起来："老太太，这个小兄弟跟我小时候一样的不体面！刚生下来的娃娃都看不出模样来！你们老太太呀……"他没往下说，而又哈哈了一阵。

母亲没表示意见，只叫了声："福海！"

"是！"二哥急忙答应，他知道母亲要说什么。"您放心，全交给我啦！明天洗三②，七姥姥八姨的总得来十口八口儿的，这儿二妹妹管装烟倒茶，我跟小六儿（小六儿是谁，我至今还没弄清楚）当厨子，两杯水酒，一碟炒蚕豆，然后是羊肉酸菜热汤儿面，有味儿没味儿，吃个热乎劲儿。好不好？您哪！"

母亲点了点头。

"有爱玩小牌儿的，四吊钱一锅。您一丁点心都别操，全有我呢！完了事，您听我一笔账，决不会叫您为难！"说罢，二哥转向大舅妈："我到南城有点事，太阳偏西，我来接您。"

大舅妈表示不肯走，要在这儿陪伴着产妇。

二哥又笑了："奶奶，您算了吧！凭您这全本连台的咳嗽，谁受得了啊！"

---

① 库兵：看管内府银钱、缎匹、颜料等库的兵丁。
② 洗三：婴儿出生第三天，给他洗澡的一种仪式。

这句话正碰在母亲的心坎上。她需要多休息、睡眠,不愿倾听大舅妈的咳嗽。

二哥走后,大舅妈不住地叨唠:这个二鬼子!这个二鬼子!

可是"二鬼子"的确有些本领,使我的洗三办得既经济,又不完全违背"老妈妈论"①的原则。

四

大姐既关心母亲,又愿参加小弟弟的洗三典礼。况且,一回到娘家,她便是姑奶奶,受到尊重:在大家的眼中,她是个有出息的小媳妇,既没给娘家丢了人,将来生儿养女,也能升为老太太,代替婆婆——反正婆婆有入棺材的那么一天。她渴望回家。是的,哪怕在娘家只呆半天儿呢,她的心中便觉得舒畅,甚至觉得只有现在多受些磨炼,将来才能够成仙得道,也能像姑母那样,坐在炕沿上吸两袋兰花烟。是呀,现在她还不敢吸兰花烟,可是已经学会了嚼槟榔——这大概就离吸兰花烟不太远了吧。

有这些事在她心中,她睡不踏实,起来的特别早。也没顾得看三星在哪里,她就上街去给婆婆买油条与烧饼。在那年月,粥铺是在夜里三点左右就开始炸油条,打烧饼的。据说,连上早朝的王公大臣们也经常用烧饼、油条当作早点。大姐婆婆的父亲,子爵,上朝与否,我不知道。子爵的女儿可的确继承了吃烧饼与油条的传统,并且是很早就起床,梳洗完了就要吃,吃完了发困可以再睡。于是,这个传统似乎专为折磨我的大姐。

西北风不大,可很尖锐,一会儿就把大姐的鼻尖、耳唇都吹红。她不由地说出来,"喝!干冷!"这种北京特有的干冷,往往冷得使人痛快。

---

① 老妈妈论:陈规陋习。

即使大姐心中有不少的牢骚，她也不能不痛快地这么说出来。说罢，她加紧了脚步。身上开始发热，可是她反倒打了个冷战，由心里到四肢都那么颤动了一下，很舒服，像吞下一小块冰那么舒服。她看了看天空，每颗星都是那么明亮，清凉，轻颤，使她想起孩子们的纯洁、发光的眼睛来。她笑了笑，嘟囔着：只要风别大起来，今天必是个晴美的日子！小弟弟有点来历，洗三遇上这么好的天气！想到这里，她恨不能马上到娘家去，抱一抱小弟弟！

不管她怎样想回娘家，她可也不敢向婆婆去请假。假若她大胆地去请假，她知道，婆婆必定点头，连声地说：克吧！克吧！（"克"者"去"也）她是子爵的女儿，不能毫无道理地拒绝儿媳回娘家。可是，大姐知道，假若她依实地"克"了，哼，婆婆的毒气口袋就会垂到胸口上来。不，她须等待婆婆的命令。

命令始终没有下来。首先是：别说母亲只生了一个娃娃，就是生了双胞胎，只要大姐婆婆认为她是受了煤气，便必定是受了煤气，没有别的可说！第二是：虽然她的持家哲理是：放胆去赊，无须考虑怎样还债；可是，门口儿讨债的过多，究竟有伤子爵女儿、佐领太太的尊严。她心里不大痛快。于是，她喝完了粳米粥，吃罢烧饼与油条，便计划着先跟老头子闹一场。可是，佐领提前了遛鸟的时间，早已出去。老太太扑了个空，怒气增长了好几度，赶快拨转马头，要生擒骁骑校。可是，骁骑校偷了大姐的两张新红票子，很早就到街上吃了两碟子豆儿多、枣儿甜的盆糕，喝了一碗杏仁茶。老太太找不到男的官校，只好向女将挑战。她不发命令，而端坐在炕沿上叨唠：这，这哪像过日子！都得我操心吗？现成的事，摆在眼皮子前边的事，就看不见吗？没长着眼睛吗？有眼无珠吗？有珠无神吗？不用伺候我，我用不着谁来伺候！佛爷，连佛爷也不伺候吗？眼看就过年，佛桌上的五供[①]擦了吗？

[①] 五供：佛桌上的五件供器——香炉、香筒、油灯和一对烛台。

读给孩子的故乡与童年
DU GEI HAIZI DE GUXIANG YU TONGNIAN

  大姐赶紧去筛炉灰，筛得很细，预备去擦五供。端着细炉灰面子，到了佛桌前，婆婆已经由神佛说到人间：啊！箱子、柜子、连三①上的铜活②就不该动动手吗？我年轻的时候，凡事用不着婆婆开口，该作什么就作什么！

  大姐不敢回话。无论多么好听的话，若在此刻说出来，都会变成反抗婆婆，不服调教。可是，要是什么也不说，低着头干活儿呢，又会变成：对！拿蜡扦儿杀气，心里可咒骂老不死的，老不要脸的！那，那该五雷轰顶！

  大姐含着泪，一边擦，一边想主意：要在最恰当的时机，去请教婆母怎么作这，或怎么作那。她把回娘家的念头完全放在了一边。待了一会儿，她把泪收起去，用极大的努力把笑意调动到脸上来：奶奶，您看看，我擦得还像一回事儿吗？婆婆只哼了一声，没有指示什么，原因很简单，她自己并没擦过五供。

  果然是好天气，刚到九点来钟，就似乎相当暖和了。天是那么高，那么蓝，阳光是那么亮，连大树上的破老鸹窝看起来都有些画意了。俏皮的喜鹊一会儿在东，一会儿在西，喳喳地赞美着北京的冬晴。

  大姐婆婆叨唠到一个阶段，来到院中，似乎是要质问太阳与青天，干什么这样晴美。可是，一出来便看见了多甫养的鸽子，于是就谴责起紫乌与黑玉翅来：养着你们干什么？就会吃！你们等着吧，一高兴，我全把你们宰了！

  大姐在屋里大气不敢出。她连叹口气的权利也没有！

  在我们这一方面，母亲希望大姐能来。前天晚上，她几乎死去。既然老天爷没有收回她去，她就盼望今天一家团圆，连出嫁了的女儿也在身旁。可是，她也猜到大女儿可能来不了。谁叫人家是佐领，而自己的身份低呢！母亲不便于说什么，可是脸上没有多少笑容。

---

① 连三：一种三屉两门的长桌。
② 铜活：家具上的铜饰，如铜环、铜锁等。

152

姑母似乎在半夜里就策划好：别人办喜事，自己要不发发脾气，那就会使喜事办的平平无奇，缺少波澜。到九点钟，大姐还没来，她看看太阳，觉得不甩点闲话，一定对不起这么晴朗的阳光。

"我说，"她对着太阳说，"太阳这么高了，大姑奶奶怎么还不露面？一定，一定又是那个大酸枣眼睛的老梆子不许她来！我找她去，跟她讲讲理！她要是不讲理，我把她的酸枣核儿抠出来！"

母亲着了急。叫二姐请二哥去安慰姑母："你别出声，叫二哥跟她说。"

二哥正跟小六儿往酒里对水。为省钱，他打了很少的酒，所以得设法使这一点酒取之不尽，用之不竭。二姐拉了拉他的袖子，往外指了指。他拿着酒壶出来，极亲热地走向姑母："老太太，您闻闻，有酒味没有？"

"酒嘛，怎能没酒味儿，你又憋着什么坏呢？"

"是这么回事，要是酒味儿太大，还可以再对点水！"

"你呀，老二，不怪你妈妈叫你二鬼子！"姑母无可如何地笑了。

"穷事儿穷对付，就求个一团和气！是不是？老太太！"见没把姑母惹翻，急忙接下去："吃完饭，我准备好，要赢您四吊钱，买一斤好杂拌儿吃吃！敢来不敢？老太太！"

"好小子，我接着你的！"姑母听见要玩牌，把酸枣眼睛完全忘了。

母亲在房里叹了口气，十分感激内侄福海。

九点多了，二哥所料到要来贺喜的七姥姥八姨们陆续来到。二姐不管是谁，见面就先请安，后倒茶，非常紧张。她的脸上红起来，鼻子上出了点汗，不说什么，只在必要的时候笑一下。因此，二哥给她起了个外号，叫"小力笨"[①]。

姑母催开饭，为是吃完好玩牌。二哥高声答应："全齐喽！"

所谓"全齐喽"者，就是腌疙疸缨儿炒大蚕豆与肉皮炸辣酱都已炒

[①] 小力笨：小伙计。

好，酒也对好了水，千杯不醉。"酒席"虽然如此简单，入席的礼让却丝毫未打折扣："您请上坐！""那可不敢当！不敢当！""您要不那么坐，别人就没法儿坐了！"直到二哥发出呼吁："快坐吧，菜都凉啦！"大家才恭敬不如从命地坐下。酒过三巡（谁也没有丝毫醉意），菜过两味（蚕豆与肉皮酱），"宴会"进入紧张阶段——热汤面上来了。大家似乎都忘了礼让，甚至连说话也忘了，屋中好一片吞面条的响声，排山倒海，虎啸龙吟。二哥的头上冒了汗："小六儿，照这个吃法，这点面兜不住啊！"小六儿急中生智："多对点水！"二哥轻轻呸了一声："呸！面又不是酒，对水不成了浆糊吗？快去！"二哥掏出钱来（这笔款，他并没向我母亲报账）："快去，到金四把那儿，能烙饼，烙五斤大饼；要是等的功夫太大，就拿些芝麻酱烧饼来，快！"（那时候的羊肉铺多数带卖烧饼、包子，并代客烙大饼。）

小六儿聪明：看出烙饼需要时间，就拿回一炉热烧饼和两屉羊肉白菜馅的包子来。风卷残云，顷刻之间包子与烧饼踪影全无。最后，轮到二哥与小六儿吃饭。可是，吃什么呢？二哥哈哈地笑了一阵，而后指示小六儿："你呀，小伙子，回家吃去吧！"我至今还弄不清小六儿是谁，可是每一想到我的洗三典礼，便觉得对不起他！至于二哥吃了没吃，我倒没怎么不放心，我深知他是有办法的人。

快到中午，天晴得更加美丽。蓝天上，这儿一条，那儿一块，飘着洁白光润的白云。西北风儿稍一用力，这些轻巧的白云便化为长长的纱带，越来越长，越薄，渐渐又变成一些似断似续的白烟，最后就不见了。小风儿吹来各种卖年货的呼声：卖供花①的、松柏枝的、年画的……一声尖锐，一声雄浑，忽远忽近，中间还夹杂着几声花炮响，和剃头师傅的"唤头"②声。全北京的人都预备过年，都在这晴光里活动着。买的买，卖的卖，着急的着急，寻死的寻死，也有乘着年前娶亲

154

---
① 供花：供品上所插的纸制或绒制的花签，如福寿字、八仙人等。
② 唤头：沿街理发者所持的吆喝工具，铁制，形如巨镊。

的，一路吹着唢呐，打着大鼓。只有我静静地躺在炕中间，垫着一些破棉花，不知道想些什么。

据说，冬日里我们的屋里八面透风，炕上冰凉，夜间连杯子里的残茶都会冻上。今天，有我在炕中间从容不迫地不知想些什么，屋中的形势起了很大的变化。屋里很暖。阳光射到炕上，照着我的小红脚丫儿。炕底下还升着一个小白铁炉子。里外的暖气合流，使人们觉得身上，特别是手背与耳唇，都有些发痒。从窗上射进的阳光里面浮动着多少极小的，发亮的游尘，像千千万万无法捉住的小行星，在我的头上飞来飞去。

这时候，在那达官贵人的晴窗下，会晒着由福建运来的水仙。他们屋里的大铜炉或地炕发出的热力，会催开案上的绿梅与红梅。他们的摆着红木炕桌，与各种古玩的小炕上，会有翠绿的蝈蝈，在阳光里展翅轻鸣。他们的廊下挂着的鸣禽，会对着太阳展展双翅，唱起成套的歌儿来。他们的厨子与仆人会拿进来内蒙的黄羊、东北的锦鸡，预备作年菜。阳光射在锦鸡的羽毛上，发出五色的闪光。

我们是最喜爱花木的，可是我们买不起梅花与水仙。我们的院里只有两株歪歪拧拧的枣树，一株在影壁后，一株在南墙根。我们也爱小动物，可是养不起画眉与靛颏儿，更没有时间养过冬的绿蝈蝈。只有几只麻雀一会儿落在枣树上，一会儿飞到窗台上，向屋中看一看。这几只麻雀也许看出来：我不是等待着梅花与水仙吐蕊，也不是等待着蝈蝈与靛颏儿鸣叫，而是在一小片阳光里，等待着洗三，接受几位穷苦旗人们的祝福。

外间屋的小铁炉上正煎着给我洗三的槐枝艾叶水。浓厚的艾香与老太太们抽的兰花烟味儿混合在一处，香暖而微带辛辣，也似乎颇为吉祥。大家都盼望"姥姥"快来，好祝福我不久就成为一个不受饥寒的伟大人物。

姑母在屋里转了一圈儿，向炕上瞟了一眼，便与二哥等组织牌局，到她的屋中鏖战。她心中是在祝福我，还是诅咒我，没人知道。

正十二点，晴美的阳光与尖溜溜的小风把白姥姥和她的满腹吉祥话儿，送进我们的屋中。这是老白姥姥，五十多岁的一位矮白胖子。她的腰背笔直，干净利落，使人一见就相信，她一天接下十个八个男女娃娃必定胜任愉快。她相当的和蔼，可自有她的威严——我们这一带的二十来岁的男女青年都不敢跟她开个小玩笑，怕她提起：别忘了谁给你洗的三！她穿得很素静大方，只在俏美的缎子"帽条儿"后面斜插着一朵明艳的红绢石榴花。

前天来接生的是小白姥姥，老白姥姥的儿媳妇。小白姥姥也干净利落，只是经验还少一些。前天晚上出的岔子，据她自己解释，并不能怨她，而应归咎于我母亲的营养不良，身子虚弱。这，她自己可不便来对我母亲说，所以老白姥姥才亲自出马来给洗三。老白姥姥现在已是名人，她从哪家出来，人们便可断定又有一位几品的世袭罔替的官儿或高贵的千金降世。那么，以她的威望而肯来给我洗三，自然是含有道歉之意。这，谁都可以看出来，所以她就不必再说什么。我母亲呢，本想说两句，可是又一想，若是惹老白姥姥不高兴而少给老儿子说几句吉祥话，也大为不利。于是，母亲也就一声没出。

姑母正抓到一手好牌。传过话来：洗三典礼可以开始，不必等她。

母亲不敢依实照办。过了一会儿，打发二姐去请姑母，而二姐带回来的话是："我说不必等我，就不必等我！"典礼这才开始。

白姥姥在炕上盘腿坐好，宽沿的大铜盆（二哥带来的）里倒上了槐枝艾叶熬成的苦水，冒着热气。参加典礼的老太太们、媳妇们，都先"添盆"，把一些铜钱放入盆中，并说着吉祥话儿。几个花生，几个红、白鸡蛋，也随着"连生贵子"等祝词放入水中。这些钱与东西，在最后，都归"姥姥"拿走。虽然没有去数，我可是知道落水的铜钱并不很多。正因如此，我们才不能不感谢白姥姥的降格相从，亲自出马，同时也足证明小白姥姥惹的祸大概并不小。

边洗边说，白姥姥把说过不知多少遍的祝词又一句不减地说出来：

"先洗头，作王侯；后洗腰，一辈倒比一辈高；洗洗蛋，作知县；洗洗沟，作知州！"大家听了，更加佩服白姥姥——她明知盆内的铜钱不多，而仍把吉祥话说得完完全全，不偷工减料，实在不易多得！虽然我后来既没作知县，也没作知州，我可也不能不感谢她把我的全身都洗得干干净净，可能比知县、知州更干净一些。

洗完，白姥姥又用姜片艾团灸了我的脑门和身上的各重要关节。因此，我一直到年过花甲都没闹过关节炎。她还用一块新青布，沾了些清茶，用力擦我的牙床。我就在这时节哭了起来；误投误撞，这一哭原是大吉之兆！在老妈妈们的词典中，这叫作"响盆"。有无始终坚持不哭、放弃吉利的孩子，我就不知道了。最后，白姥姥拾起一根大葱打了我三下，口中念念有词："一打聪明，二打伶俐！"这到后来也应验了，我有时候的确和大葱一样聪明。

这棵葱应当由父亲扔到房上去。就在这紧要关头，我父亲回来了。屋中的活跃是无法形容的！他一进来，大家便一齐向他道喜。他不知请了多少安，说了多少声"道谢啦！"可是眼睛始终瞭着炕中间。我是经得起父亲的鉴定的，浑身一尘不染，满是槐枝与艾叶的苦味与香气，头发虽然不多不长，却也刚刚梳过。我的啼声也很雄壮。父亲很满意，于是把褡裢中两吊多钱也给了白姥姥。

父亲的高兴是不难想象的。母亲生过两个男娃娃，都没有养住，虽然第一个起名叫"黑妞"，还扎了耳朵眼，女贱男贵，贱者易活，可是他竟自没活许久。第二个是母亲在除夕吃饺子的时候，到门外去叫："黑小子、白小子，上炕吃饺子！"那么叫来的白小子。可是这么来历不凡的白小子也没有吃过多少回饺子便"回去"了，原因不明，而确系事实。后来，我每逢不好好地睡觉，母亲就给我讲怎么到门外叫黑小子、白小子的经过，我便赶紧蒙起头来，假装睡去，唯恐叫黑、白二小子看见！

父亲的模样，我说不上来，因为还没到我能记清楚他的模样的时候，他就逝世了。这是后话，不用在此多说。我只能说，他是个"面黄无须"的旗兵,因为在我八九岁时,我偶然发现了他出入皇城的那面腰牌,上面烫着"面黄无须"四个大字。

虽然大姐没有来,小六儿没吃上饭,和姑母既没给我"添盆",反倒赢了好几吊钱,都是美中不足,可是整个的看来,我的洗三典礼还算过得去,既没有人挑眼,也没有喝醉了吵架的——十分感谢二哥和他的"水酒"!假若一定问我,有什么值得写入历史的事情,我倒必须再提一提便宜坊的老王掌柜。他也来了,并且送给我们一对猪蹄子。

老王掌柜是胶东人,从八九岁就来京学习收拾猪蹄与填鸭子等技术。到我洗三的时候,他已在北京过了六十年,并且一步一步地由小力笨升为大徒弟,一直升到跑外的掌柜。他从庆祝了自己的三十而立的诞辰起,就想自己去开个小肉铺,独力经营,大展经纶。可是,他仔细观察,后起的小肉铺总是时开时闭,站不住脚。就连他的东家们也把便宜坊的雅座撤销,不再附带卖酒饭与烤鸭。他注意到,老主顾们,特别是旗人,越来买肉越少,而肉案子上切肉的技术不能不有所革新——须把生肉切得片儿大而极薄极薄,像纸那么薄,以便看起来块儿不小而分量很轻,因为买主儿多半是每次只买一二百钱的(北京是以十个大钱当作一吊的,一百钱实在是一个大钱)。

老王掌柜常常用他的胶东化的京腔,激愤而缠绵地说:钱都上哪儿气(去)了?上哪儿气了!

那年月,像王掌柜这样的人,还不敢乱穿衣裳。直到他庆贺华甲之喜的时节,他才买了件缎子面的二茬儿羊皮袍,可是每逢穿出来,上面还罩上浆洗之后像铁板那么硬的土蓝布大衫。他喜爱这种土蓝布。可是,一来二去,这种布几乎找不到了。他得穿那刷刷乱响的竹布。乍一穿起这有声有色的竹布衫,连家犬带野狗都一致汪汪地向他抗议。后来,全北京的老少男女都穿起这种洋布,而且差不多把竹布衫视为便礼服,家犬、野狗才也逐渐习惯下来,不再乱叫了。

老王掌柜在提着钱口袋去要账的时候,留神观看,哼,大街上新开

的铺子差不多都有个"洋"字,洋货店,洋烟店等等。就是那小杂货铺也有洋纸洋油出售,连向来带卖化妆品,而且自造鹅胰宫皂的古色古香的香烛店也陈列着洋粉、洋碱,与洋沤子①。甚至于串胡同收买破鞋烂纸的妇女们,原来吆喝"换大肥头子儿",也竟自改为"换洋取灯儿"②!

一听见"换洋取灯儿"的呼声,老王掌柜便用力敲击自己的火镰,燃起老关东烟。可是,这有什么用呢?洋缎、洋布、洋粉、洋取灯儿、洋钟、洋表,还有洋枪,像潮水一般地涌进来,绝对不是他的火镰所能挡住的。他是商人,应当见钱眼开,可是他没法去开一座洋猪肉铺,既卖熏鸡酱肉,也卖洋油洋药!他是商人,应当为东家们赚钱。若是他自己开了买卖,便须为自己赚钱。可是,钱都随着那个"洋"字流到外洋去了!他怎么办呢?

"钱都上哪儿气了?"似乎已有了答案。他放弃了独力经营肉铺,大发财源的雄心,而越来越恨那个"洋"字。尽管他的布衫是用洋针、洋线、洋布作成的,无可抗拒,可是他并不甘心屈服。他公开地说,他恨那些洋玩艺儿!及至他听到老家胶东闹了教案③,洋人与二洋人④骑住了乡亲们的脖子,他就不只恨洋玩艺儿了。

在他刚一入京的时候,对于旗人的服装打扮,规矩礼节,以及说话的腔调,他都看不惯、听不惯,甚至有些反感。他也看不上他们的逢节按令挑着样儿吃,赊着也得吃的讲究与作风,更看不上他们的提笼架鸟,飘飘欲仙地摇来晃去的神气与姿态。可是,到了三十岁,他自己也玩上了百灵,而且和他们一交换养鸟的经验,就能谈半天儿,越谈越深刻,也越亲热。他们来到,他既要作揖,又要请安,结果是发明了一种半揖半安的,独具风格的敬礼。假若他们来买半斤肉,他

---

① 沤子:一种搽脸用的水粉化妆品。
② 取灯儿:火柴。
③ 教案:指十九世纪末,在外国资本主义势力侵入我国内地的情势下,我国人民掀起的反对外国教会侵略的斗争。
④ 二洋人:又叫"二毛子",是对入了"洋教"而又仗势欺人的民族败类的蔑称。

却亲热地建议：拿只肥母鸡！看他们有点犹疑，他忙补充上：拿吧！先记上账！

赶到他有个头疼脑热，不要说提笼架鸟的男人们来看他，给他送来清瘟解毒丸，连女人们也派孩子来慰问。他不再是"小山东儿"，而是王掌柜，王大哥，王叔叔。他渐渐忘了他们是旗人，变成他们的朋友。虽然在三节①要账的时候，他还是不大好对付，可是遇到谁家娶亲，或谁家办满月，他只要听到消息，便拿着点东西来致贺。"公是公，私是私"，他对大家交代清楚。他似乎觉得：清朝皇上对汉人如何是另一回事，大家伙儿既谁也离不开谁，便无妨作朋友。于是，他不但随便去串门儿，跟大家谈心，而且有权拉男女小孩的"骆驼"。在谈心的时候，旗兵们告诉了他，上边怎样克扣军饷，吃空头钱粮，营私舞弊，贪污卖缺。他也说出汉人们所受的委屈，和对洋布与洋人的厌恶。彼此了解了，也就更亲热了。

拿着一对猪蹄子，他来庆祝我的洗三。二哥无论怎么让他，他也不肯进来，理由是："年底下了，柜上忙！"二哥听到"年底下"，不由地说出来："今年家家钱紧，您……"王掌柜叹了口气："钱紧也得要账，公是公，私是私！"说罢，他便匆忙地走开。大概是因为他的身上有酱肉味儿吧，我们的大黄狗一直乖乖地把他送到便宜坊门外。

五

是的，我一辈子忘不了那件事。并不因为他是掌柜的，也不因为他送来一对猪蹄子。因为呀，他是汉人。

不错，在那年月，某些有房产的汉人宁可叫房子空着，也不肯租给满人和回民。可是，来京作生意的山东人、山西人，和一般的卖苦力吃

---

① 三节：五月初五的端阳节、八月十五的中秋节和大年三十的除夕。当此三节，债主子们多来讨账。

饭的汉人，都和我们穷旗兵们谁也离不开谁，穿堂过户。某些有钱有势的满人也还看不起汉人与回民，因而对我们这样与汉人、回民来来往往也不大以为然。不管怎样吧，他们是他们，我们是我们，谁也挡不住人民互相友好。

过了我的三天，就该过年。姑母很不高兴。她要买许多东西，而母亲在月子里，不能替她去买。幸而父亲在家，她不好意思翻脸，可是眉毛拧得很紧，腮上也时时抽动那么一下。二姐注意到：火山即快爆发。她赶快去和父亲商量。父亲决定：把她调拨给姑母，作采购专员。二姐明知这是最不好当的差事，可是无法推却。

"半斤高醋，到山西铺子去打；别心疼鞋；别到小油盐店去！听见没有？"姑母数了半天，才狠心地把钱交给小力笨兼专员。

醋刚打回来，二姐还没站稳。"还得去打香油，要小磨香油，懂吧？"姑母又颁布了旨意。

是的，姑母不喜欢一下子交出几吊钱来，一次买几样东西。她总觉得一样一样地买，每次出钱不多，便很上算。二姐是有耐心的。姑母怎么支使，她怎么办。她一点不怕麻烦，只是十分可怜她的鞋。赶到非买贵一些的东西不可了，姑母便亲自出马。她不愿把许多钱交给二姐，同时也不愿二姐知道她买那么贵的东西。她乘院里没人的时候，像偷偷溜走的小鱼似的溜出去。到街上，她看见什么都想买，而又都嫌太贵。在人群里，她挤来挤去，看看这，看看那，非常冷静，以免上当。结果，绕了两三个钟头，她什么也没买回来。直到除夕了，非买东西不可了，她才带着二姐一同出征。二姐提着筐子，筐子里放着各种小瓶小罐。这回，姑母不再冷静，在一个摊子上就买好几样东西，而且买的并不便宜。但是，她最忌讳人家说她的东西买贵了。所以二姐向母亲汇报的时候，总是把嘴放在母亲的耳朵上，而且用手把嘴遮得严严的才敢发笑。

我们的新年过得很简单。母亲还不能下地，二姐被调去作专员，一

读给孩子的故乡与童年
DU GEI HAIZI DE GUXIANG YU TONGNIAN

切都须由父亲操持。父亲虽是旗兵，可是已经失去二百年前的叱咤风云的气势。假若给他机会，他也会像正翁那样玩玩靛颏儿，坐坐茶馆，赊两只烧鸡，哼几句二黄或牌子曲。可是，他没有机会戴上顶子与花翎。北城外的二三十亩地早已被前人卖掉，只剩下一亩多，排列着几个坟头儿。旗下分给的住房，也早被他的先人先典后卖，换了烧鸭子吃。据说，我的曾祖母跟着一位满族大员到过云南等遥远的地方。那位大员得到多少元宝，已无可考查。我的曾祖母的任务大概是搀扶着大员的夫人上轿下轿，并给夫人装烟倒茶。在我们家里，对曾祖母的这些任务都不大提起，而只记得我们的房子是她购置的。

是的，父亲的唯一的无忧无虑的事就是每月不必交房租，虽然在六七月下大雨的时候，他还不能不着点急——院墙都是碎砖头儿砌成的，一遇大雨便塌倒几处。他没有嗜好，既不抽烟，也不赌钱，只在过节的时候喝一两杯酒，还没有放下酒杯，他便面若重枣。他最爱花草，每到夏季必以极低的价钱买几棵姥姥不疼、舅舅不爱的五色梅。至于洋麻绳菜与草茉莉等等，则年年自生自长，甚至不用浇水，也到时候就开花。到上班的时候，他便去上班。下了班，他照直地回家。回到家中，他识字不多，所以不去读书；家中只藏着一张画匠画的《王羲之爱鹅》，也并不随时观赏，因为每到除夕才找出来挂在墙上，到了正月十九就摘下来[1]。他只出来进去，劈劈柴，看看五色梅，或刷一刷水缸。有人跟他说话，他很和气，低声地回答两句。没人问他什么，他便老含笑不语，整天无话可说。对人，他颇有礼貌。但在街上走的时候，他总是目不斜视，非到友人们招呼他，他不会赶上前去请安。每当母亲叫他去看看亲友，他便欣然前往。没有多大一会儿，他便打道回府。"哟！怎这么快就回来了？"我母亲问。父亲便笑那么一

---

[1] 正月十九摘画：北京旧俗，正月十八日"开市"，工人上工，商店开业，学生念书，官兵执差如常。新年期间的一应节日陈设，都应在十九日以前撤去。又，正月十九为"燕九节"，灯节通常要到这个时候才收灯。所以，挂了近二十天的画《王羲之爱鹅》也要摘下来。

下，然后用布掸子啪啪地掸去鞋上的尘土。一辈子，他没和任何人打过架，吵过嘴。他比谁都更老实。可是，谁也不大欺负他，他是带着腰牌的旗兵啊。

在我十来岁的时候，我总爱刨根问底地问母亲：父亲是什么样子？母亲若是高兴，便把父亲的那些特点告诉给我。我总觉得父亲是个很奇怪的旗兵。

父亲把打过我三下的那棵葱扔到房上去，非常高兴。从这时候起，一直到他把《王羲之爱鹅》找出来，挂上，他不但老笑着，而且也先开口对大伙儿说话。他几乎是见人便问：这小子该叫什么呢？

研究了再研究，直到除夕给祖先焚化纸钱的时候，才决定了我的官名叫常顺，小名叫秃子，暂缺"台甫"。

在这之外，父亲并没有去买什么年货，主要的原因是没有钱。他可是没有忽略了神佛，不但请了财神与灶王的纸像，而且请了高香、大小红烛，和五碗还没有烙熟的月饼。他也煮了些年饭，用特制的小饭缸盛好，上面摆上几颗红枣，并覆上一块柿饼儿，插上一枝松枝，枝上还悬着几个小金纸元宝，看起来颇有新年气象。他简单地说出心中的喜悦："咱们吃什么不吃什么的都不要紧，可不能委屈了神佛！神佛赏给了我一个老儿子呀！"

除夕，母亲和我很早地就昏昏睡去，似乎对过年不大感兴趣。二姐帮着姑母作年菜，姑母一边工作，一边叨唠，主要是对我不满。"早不来，晚不来，偏偏在过年的时候来捣乱，贼秃子！"每逢她骂到满宫满调的时候，父亲便过来，笑着问问："姐姐，我帮帮您吧！"

"你？"姑母打量着他，好像向来不曾相识似的。"你不想想就说话！你想想，你会干什么？"

父亲含笑想了想，而后像与佐领或参领告辞那样，倒退着走出来。

街上，祭神的花炮逐渐多起来。胡同里，每家都在剁饺子馅儿，响成一片。赶到花炮与剁饺子馅的声响汇合起来，就有如万马奔腾，狂潮怒吼。在这一片声响之上，忽然这里，忽然那里，以压倒一切的声势，讨债的人敲着门环，啪啪啪啪，像一下子就连门带门环一齐敲碎，惊心动魄，人人肉跳心惊，连最顽强的大狗也颤抖不已，不敢轻易出声。这种声音引起多少低卑的央求，或你死我活的吵闹，夹杂着妇女与孩子们的哭叫。一些既要脸面，又无办法的男人们，为躲避这种声音，便在这诸神下界、祥云缭绕的夜晚，偷偷地去到城根或城外，默默地结束了这一生。

父亲独自包着素馅的饺子。他相当紧张。除夕要包素馅饺子是我家的传统，既为供佛，也省猪肉。供佛的作品必须精巧，要个儿娇小，而且在边缘上捏出花儿来，美观而结实——把饺子煮破了是不吉祥的。他越紧张，饺子越不听话，有的形似小船，有的像小老鼠，有的不管多么用力也还张着嘴。

除了技术不高，这恐怕也与"心不在焉"有点关系。他心中惦念着大女儿。他虽自己也是寅吃卯粮，可是的确知道这个事实，因而不敢不算计每一个钱的用途，免得在三节叫债主子敲碎门环子。而正翁夫妇与多甫呢，却以为赊到如白拣，绝对不考虑怎么还债。若是有人愿意把北海的白塔赊给他们，他们也毫不迟疑地接受。他想不明白，他们有什么妙策闯过年关，也就极不放心自己的大女儿。

母亲被邻近的一阵敲门巨响惊醒。她并没有睡实在了，心中也七上八下地惦记着大女儿。可是，她打不起精神来和父亲谈论此事，只说了声：你也睡吧！

除夕守岁，彻夜不眠，是多少辈子所必遵守的老规矩。父亲对母亲的建议感到惊异。他嗯了一声，照旧包饺子，并且找了个小钱，擦干净，放在一个饺子里，以便测验谁的运气好——得到这个饺子的，若不误把小钱吞下去，便会终年顺利！他决定要守岁，叫油灯、小铁炉、佛前的香火，都通宵不断。他有了老儿子，有了指望，必须叫灯火都旺旺的，气象峥嵘，吉祥如意！他还去把大绿瓦盆搬进来，以便储存脏

水，过了"破五"①再往外倒。在又包了一个像老鼠的饺子之后，他拿起皇历，看清楚财神、喜神的方位，以便明天清早出了屋门便面对着他们走。他又高兴起来，以为只要自己省吃俭用，再加上神佛的保佑，就必定会一顺百顺，四季平安！

夜半，街上的花炮更多起来，铺户开始祭神。父亲又笑了。他不大晓得云南是在东边，还是在北边，更不知道英国是紧邻着美国呢，还是离云南不远。只要听到北京有花炮咚咚地响着，他便觉得天下太平，皆大欢喜。

二姐撅着嘴进来，手上捧着两块重阳花糕，泪在眼圈儿里。她并不恼帮了姑母这么好几天，连点压岁钱也没得到。可是，接到两块由重阳放到除夕的古老的花糕，她冒了火！她刚要往地上扔，就被父亲拦住。"那不好，二妞！"父亲接过来那两块古色古香的点心，放在桌上。"二妞，别哭，别哭！那不吉祥！"二姐忍住了泪。

父亲掏出几百钱来，交给二姐："等小李过来，买点糖豆什么的，当作杂拌儿吧！"他知道小李今夜必定卖到天发亮，许多买不起正规杂拌儿的孩子都在等着他。

不大会儿，小李果然过来了。二姐刚要往外走，姑母开开了屋门："二妞，刚才，刚才我给你的……喂了狗吧！来，过来！"她塞到二姐手中一张新红钱票，然后哄的一声关上了门。二姐出去，买了些糖豆大酸枣儿，和两串冰糖葫芦。回来，先问姑母："姑姑，您不吃一串葫芦吗？白海棠的！"姑母回答了声："睡觉喽！明年见！"

父亲看出来，若是叫姑母这么结束了今年，大概明年的一开头准会顺利不了。他赶紧走过去，在门外吞吞吐吐地问："姐姐！不跟我、二妞，玩会儿牌吗？"

"你们存多少钱哪？"姑母问。

---

① 破五：正月初五。旧俗，破五之内不得以生米为炊，妇女不得出门。至初六，方可互相道贺。

"赌铁蚕豆的!"

姑母哈哈地笑起来,笑完了一阵,叱的一声,吹灭了灯!

父亲回来,低声地说:我把她招笑了,大概明天不至于闹翻了天啦!

父女二人一边儿吃着糖豆儿,一边儿闲谈。

"大年初六,得接大姐回来。"二姐说。

"对!"

"给她什么吃呢?公公婆婆挑着样儿吃,大姐可什么也吃不着!"

父亲没出声。他真愿意给大女儿弄些好吃的,可是……

"小弟弟满月,又得……"二姐也不愿往下说了。

父亲本想既节约又快乐地度过除夕,可是无论怎样也快乐不起来了。他不敢怀疑大清朝的一统江山能否亿万斯年。可是,即使大清皇帝能够永远稳坐金銮宝殿,他的儿子能够补上缺,也当上旗兵,又怎么样呢?生儿子是最大的喜事,可是也会变成最发愁的事!

"小弟弟长大了啊,"二姐口中含着个铁蚕豆,想说几句漂亮的话,叫父亲高兴起来。"至小也得来个骁骑校,五品顶戴,跟大姐夫一样!"

"那又怎么样呢?"父亲并没高兴起来。

"要不,就叫他念多多的书,去赶考,中个进士!"

"谁供给得起呢?"父亲脸上一点笑容也没有了。

"干脆,叫他去学手艺!跟福海二哥似的!"二姐自己也纳闷,今天晚上为什么想起这么多主意,或者是糖豆与铁蚕豆发生了什么作用。

"咱们旗人,但分①能够不学手艺,就不学!"

父女一直谈到早晨三点,始终没给小弟弟想出出路来。二姐把糖葫芦吃罢,一歪,便睡着了。父亲把一副缺了一张"虎头"②的骨牌找出来,独自给老儿子算命。

① 但分:只要。
② 虎头:骨牌中的一张,十一点,排列状如虎头。

初一，头一个来拜年的自然是福海二哥。他刚刚磕完头，父亲就提出给我办满月的困难。二哥出了个不轻易出的主意："您拜年去的时候，就手儿辞一辞吧！"

父亲坐在炕沿上，捧着一杯茶，好大半天说不出话来。他知道，二哥出的是好主意。可是，那么办实在对不起老儿子！一个增光耀祖的儿子，怎可以没办过满月呢？

"您看，就是挨家挨户去辞，也总还有拦不住的。咱们旗人喜欢这一套！"二哥笑了笑。"不过，那可就好办了。反正咱们先说了不办满月，那么，非来不可的就没话可说了；咱们清茶恭候，他们也挑不了眼！"

"那也不能清茶恭候！"父亲皱着眉头儿说。

"就是说！好歹地弄点东西吃吃，他们不能挑剔，咱们也总算给小弟弟办了满月！"

父亲连连点头，脸上有了笑容："对！对！老二，你说的对！"倒仿佛好歹地弄点东西吃吃，就不用花一个钱似的。"二姐，拿套裤！老二，走！我也拜年去！"

"您忙什么呀？"

"早点告诉了亲友，心里踏实！"

二姐找出父亲的那条枣红缎子套裤。套裤比二姐大着两岁，可并不显着太旧，因为只在拜年与贺喜时才穿用。

初六，大姐回来了，我们并没有给她到便宜坊叫个什锦火锅或苏式盒子。母亲的眼睛总跟着大姐，仿佛既看不够她，又对不起她。大姐说出心腹话来："奶奶，别老看着我，我不争吃什么！只要能够好好地睡睡觉，歇歇我的腿，我就念佛！"说的时候，她的嘴唇有点颤动，可不敢落泪，她不愿为倾泻自己的委屈而在娘家哭哭啼啼，冲散新春的吉祥气儿。到初九，她便回了婆家。走到一阵风刮来的时候，才落了两点泪，好归罪于沙土迷了她的眼睛。

姑母从初六起就到各处去玩牌，并且颇为顺利，赢了好几次。因此，我们的新年在物质上虽然贫乏，可是精神上颇为焕发。在元宵节晚上，她居然主动地带着二姐去看灯，并且到后门①西边的城隍庙观赏五官往外冒火的火判儿。她这几天似乎颇重视二姐，大概是因为二姐在除夕没有拒绝两块古老花糕的赏赐。那可能是一种试探，看看二姐到底是否真老实，真听话。假若二姐拒绝了，那便是表示不承认姑母在这个院子里的霸权，一定会受到惩罚。

我们屋里，连汤圆也没买一个。我们必须节约，好在我满月的那天招待拦而拦不住的亲友。

到了那天，果然来了几位贺喜的人。头一位是多甫大姐夫。他的脸瘦了一些，因为从初一到十九，他忙得几乎没法儿形容。他逛遍所有的庙会。在初二，他到财神庙借了元宝，并且确信自己十分虔诚，今年必能发点财。在白云观，他用铜钱打了桥洞里坐着的老道，并且用小棍儿敲了敲放生的老猪的脊背，看它会叫唤不会。在厂甸，他买了风筝与大串的山里红。在大钟寺，他喝了豆汁，还参加了没白没票的抓彩，得回手指甲大小的一块芝麻糖。各庙会中的练把式的、说相声的、唱竹板书的、变戏法儿的……都得到他的赏钱，被艺人们称为财神爷。只在白云观外的跑马场上，他没有一显身手，因为他既没有骏马，即使有骏马他也不会骑。他可是在入城之际，雇了一匹大黑驴，项挂铜铃，跑的相当快，博得游人的喝彩。他非常得意，乃至一失神，黑驴落荒而逃，把他留在沙土窝儿里。在十四、十五、十六，他连着三晚上去看东单西四鼓楼前的纱灯、牛角灯、冰灯、麦芽龙灯；并赶到内务府大臣的门外，去欣赏燃放花盒，把洋绉马褂上烧了个窟窿。

他来贺喜，主要地是为向一切人等汇报游玩的心得，传播知识。他跟我母亲、二姐讲说，她们都搭不上茬儿。所以，他只好过来启发我：

---

① 后门：地安门。元宵节张灯，旧时以东四牌楼和地安门为最盛。

小弟弟，快快地长大，我带你玩去！咱们旗人，别的不行，要讲吃喝玩乐，你记住吧，天下第一！

父亲几次要问多甫，怎么闯过了年关，可是话到嘴边上又咽回去。一来二去，倒由多甫自己说出来：把房契押了出去，所以过了个肥年。父亲听了，不住地皱眉。在父亲和一般的老成持重的旗人们看来，自己必须住着自己的房子，才能根深蒂固，永远住在北京。因作官而发了点财的人呢，"吃瓦片"①是最稳当可靠的。以正翁与多甫的收入来说，若是能够勤俭持家，早就应该有了几处小房，月月取租钱。可是，他们把房契押了出去！多甫看父亲皱眉，不能不稍加解释：您放心，没错儿，押出去房契，可不就是卖房！俸银一下来，就把它拿回来！

"那好！好！"父亲口中这么说，心中可十分怀疑他们能否再看到自己的房契。

多甫见话不投机，而且看出并没有吃一顿酒席的希望，就三晃两晃不见了。

大舅妈又犯喘，福海二哥去上班，只有大舅来坐了一会儿。大家十分恳切地留他吃饭，他坚决不肯。可是，他来贺喜到底发生了点作用。姑母看到这样清锅冷灶，早想发脾气，可是大舅以参领的身份，到她屋中拜访，她又有了笑容。大舅走后，她质问父亲：为什么不早对我说呢？三两五两银子，我还拿得出来！这么冷冷清清的，不大像话呀！父亲只搭讪着嘻嘻了一阵，心里说：好家伙，用你的银子办满月，我的老儿子会叫你给骂化了！

这一年，春天来的较早。在我满月的前几天，北京已经刮过两三次大风。是的，北京的春风似乎不是把春天送来，而是狂暴地要把春天吹跑。在那年月，人们只知道砍树，不晓得栽树，慢慢的山成了秃山，地成了光地。从前，就连我们的小小的坟地上也有三五株柏树，可是到我

①吃瓦片：以收取房租为生的人。

父亲这一辈，这已经变为传说了。北边的秃山挡不住来自塞外的狂风，北京的城墙，虽然那么坚厚，也挡不住它。寒风，卷着黄沙，鬼哭神号地吹来，天昏地昏，日月无光。青天变成黄天，降落着黄沙。地上，含有马尿驴粪的黑土与鸡毛蒜皮一齐得意地飞向天空。半空中，黑黄上下，渐渐混合，结成一片深灰的沙雾，遮住阳光。太阳所在的地方，黄中透出红来，像凝固了的血块。

风来了，铺户外的冲天牌楼唧唧吱吱地乱响，布幌子吹碎，带来不知多少里外的马嘶牛鸣。大树把梢头低得不能再低，干枝子与干槐豆纷纷降落，树杈上的鸦巢七零八散。甬路与便道上所有的灰土似乎都飞起来，对面不见人。不能不出门的人们，像鱼在惊涛骇浪中挣扎，顺着风走的身不自主地向前飞奔；逆着风走的两腿向前，而身子后退。他们的身上、脸上落满了黑土；像刚由地下钻出来；发红的眼睛不断流出泪来，给鼻子两旁冲出两条小泥沟。

那在屋中的苦人们，觉得山墙在摇动，屋瓦被揭开，不知哪一会儿就连房带人一齐被刮到什么地方去。风从四面八方吹进来，把一点点暖气都排挤出去，水缸里白天就冻了冰。桌上、炕上，落满了腥臭的灰土，连正在熬开了的豆汁，也中间翻着白浪，而锅边上是黑黑一圈。

一会儿，风从高空呼啸而去；一会儿，又擦着地皮袭来，击撞着院墙，呼隆呼隆地乱响，把院中的破纸与干草叶儿刮得不知上哪里去才好。一阵风过去，大家一齐吐一口气，心由高处落回原位。可是，风又来了，使人感到眩晕。天、地，连皇城的红墙与金銮宝殿似乎都在颤抖。太阳失去光芒，北京变成任凭飞沙走石横行无忌的场所。狂风怕日落，大家都盼着那不像样子的太阳及早落下去。傍晚，果然静寂下来。大树的枝条又都直起来，虽然还时时轻摆，可显着轻松高兴。院里比刚刚扫过还更干净，破纸什么的都不知去向，只偶然有那么一两片藏在墙角里。窗棂上堆着些小小的坟头儿，土极干极细。窗台上这里厚些，那

里薄些，堆着一片片的浅黄色细土，像沙滩在水退之后，留下水溜的痕迹。大家心中安定了一些，都盼望明天没有一点儿风。可是，谁知道准怎么样呢！那时候，没有天气预报啊。

要不怎么说，我的福气不小呢！我满月的那一天，不但没有风，而且青天上来了北归较早的大雁。虽然是不多的几只，可是清亮的鸣声使大家都跑到院中，抬着头指指点点，并且念道着："七九河开，八九雁来"，都很兴奋。大家也附带着发现，台阶的砖缝里露出一小丛嫩绿的香蒿叶儿来。二姐马上要脱去大棉袄，被母亲喝止住："不许脱！春捂秋冻！"

正在这时候，来了一辆咯噔咯噔响的轿车，在我们的门外停住。紧跟着，一阵比雁声更清亮的笑声，由门外一直进到院中。大家都吃了一惊！

六

随着笑声，一段彩虹光芒四射，向前移动。朱红的帽结子发着光，青缎小帽发着光，帽沿上的一颗大珍珠发着光，二蓝团龙缎面的灰鼠袍子发着光，米色缎子坎肩发着光，雪青的褡包在身后放着光，粉底官靴发着光。众人把彩虹挡住，请安的请安，问候的问候，这才看清一张眉清目秀的圆胖洁白的脸，与漆黑含笑的一双眼珠，也都发着光。听不清他说了什么，虽然他的嗓音很清亮。他的话每每被他的哈哈哈与啊啊啊扰乱；雪白的牙齿一闪一闪地发着光。

光彩进了屋，走到炕前，照到我的脸上。哈哈哈，好！好！他不肯坐下，也不肯喝一口茶，白胖细润的手从怀中随便摸出一张二两的银票，放在我的身旁。他的大拇指戴着个翡翠扳指[①]，发出柔和温润的光泽。好！好啊！哈哈哈！随着笑声，那一身光彩往外移动。不送，不

[①] 扳指：套在右手拇指上的象牙或晶玉的装饰品，原为射箭钩弓时的用具。

送，都不送！哈哈哈！笑着，他到了街门口。笑着，他跨上车沿。鞭子轻响，车轮转动，咯噔咯噔……笑声渐远，车出了胡同，车后留下一些飞尘。

姑母急忙跑回来，立在炕前，呆呆地看着那张银票，似乎有点不大相信自己的眼睛。大家全回来了，她出了声："定大爷，定大爷！他怎么会来了呢？他由哪儿听说的呢？"

大家都要说点什么，可都想不起说什么才好。我们的胡同里没来过那样体面的轿车。我们从来没有接过二两银子的"喜敬"——那时候，二两银子可以吃一桌高级的酒席！

父亲很后悔："你看，我今年怎么会忘了给他去拜年呢？怎么呢？"

"你没拜年去，他听谁说的呢？"姑母还问那个老问题。

"你放心吧，"母亲安慰父亲，"他既来了，就一定没挑了眼！定大爷是肚子里撑得开船的人！"

"他到底听谁说的呢？"姑母又追问一次。

没人能够回答姑母的问题，她就默默地回到自己屋中，心中既有点佩服我，又有点妒意。无可如何地点起兰花烟，她不住地骂贼秃子。

我的曾祖母不是跟过一位满族大员，到云南等处去过吗？那位大员不是带回数不清的元宝吗？定大爷就是这位到处拾元宝的大员的后代。

他的官印①是定禄。他有好几个号：子丰、裕斋、富臣、少甫，有时候还自称霜清老人，虽然他刚过二十岁。刚满六岁，就有三位名儒教导他，一位教满文，一位讲经史，一位教汉文诗赋。先不提宅院有多么大，光说书房就有带廊子的六大间。书房外有一座精致的小假山，霜清老人高了兴便到山巅拿个大顶。山前有牡丹池与芍药池，每到春天便长起香蒿子与兔儿草，颇为茂盛；牡丹与芍药都早被"老人"揪出来，看看离开土还能开花与否。书房东头的粉壁前，种着一片翠竹，西

① 官印：原指官府所用之印，后以敬称人的大名。

头儿有一株紫荆。竹与紫荆还都活着。好几位满族大员的子弟,和两三位汉族富家子弟,都来此附学。他们有的中了秀才,有的得到差事,只有霜清老人才学出众,能够唱整出的《当锏卖马》①,文武双全。他是有才华的。他喜欢写字,高兴便叫书童研一大海碗墨,供他写三尺大的福字与寿字,赏给他的同学们;若不高兴,他就半年也不动一次笔,所以他的字写得很有力量,只是偶然地缺少两笔,或多了一撇。他也很爱吟诗。灵感一来,他便写出一句,命令同学们补足其余。他没学会满文,也没学好汉文,可是自信只要一使劲,马上就都学会,于是暂且不忙着使劲。他也偶然地记住一二古文中的名句,如"落霞与孤鹜齐飞,秋水共长天一色"之类,随时引用,出口成章。兴之所至,他对什么学术、学说都感兴趣,对什么三教九流的人物都乐意交往。他自居为新式的旗人,既有文化,又宽宏大量。他甚至同情康、梁的维新的主张与办法。他的心地良善,只要有人肯叫"大爷",他就肯赏银子。

他不知道他父亲比祖父更阔了一些,还是差了一些。他不知道他们给他留下多少财产。每月的收支,他只听管事的一句话。他不屑于问一切东西的价值,只要他爱,花多少钱也肯买。自幼儿,他就拿金银锞子与玛瑙翡翠作玩具,所以不知道它们是贵重物品。因此,不少和尚与道士都说他有仙根,海阔天空,悠然自得。他一看到别人为生活发愁着急,便以为必是心田狭隘,不善解脱。

他似乎记得,又似乎不大记得,他的祖辈有什么好处,有什么缺点,和怎么拾来那些元宝。他只觉得生下来便被绸缎裹着,男女仆伺候着,完全因为他的福大量大造化大。他不能不承认自己是满人,可并不过度地以此自豪,他有时候编出一些刻薄的笑话,讥诮旗人。他渺茫地感到自己是一种史无前例的特种人物,既记得几个满洲字,又会作一两

---

① 《当锏卖马》:一出极为流行的京剧,演唱《隋唐演义》中秦叔宝的故事。

句汉文诗,而且一使劲便可以成圣成佛。他没有能够取得功名,似乎也无意花钱去捐个什么官衔,他愿意无牵无挂,像行云流水那么闲适而又忙碌。

他与我们的关系是颇有趣的。虽然我的曾祖母在他家帮过忙,我们可并不是他的家奴①。他的祖父、父亲,与我的祖父、父亲,总是那么似断似续地有点关系,又没有多大关系。一直到他当了家,这种关系还没有断绝。我们去看他,他也许接见,也许不接见,那全凭他的高兴与否。他若是一时心血来潮呢,也许来看看我们。这次他来贺喜,后来我们才探听到,原来是因为他自己得了个女娃娃,也是腊月生的,比我早一天。他非常高兴,觉得世界上只有他们夫妇才会生个女娃娃,别人不会有此本领与福气。大概是便宜坊的老王掌柜,在给定宅送账单去,走漏了消息:在祭灶那天,那个时辰,一位文曲星或扫帚星降生在一个穷旗兵家里。

是的,老王掌柜和定宅的管事的颇有交情。每逢定大爷想吃熏鸡或烤鸭,管事的总是照顾王掌柜,而王掌柜总是送去两只或三只,便在账上记下四只或六只。到年节要账的时候,即使按照三只或四只还账,王掌柜与管事的也得些好处。老王掌柜有时候受良心的谴责,认为自己颇欠诚实,可是管事的告诉他:你想想吧,若是一节只欠你一两银子,我怎么向大爷报账呢?大爷会说:怎么,凭我的身份就欠他一两?没有的事!不还!告诉你,老掌柜,至少开十两,才像个样子!受了这点教育之后,老掌柜才不再受良心的谴责,而安心地开花账了。

定大爷看见了我,而且记住了我。是的,当我已经满了七岁,而还没有人想起我该入学读书,就多亏他又心血来潮,忽然来到我家。哈哈了几声,啊啊了几声,他把我扯到一家改良私塾里去,叫我给孔夫子与老师磕头。他替我交了第一次的学费。第二天,他派人送来一管"文章

---

① 家奴:包衣,指在藩邸勋门永世为奴的人。

一品",一块"君子之风",三本小书①,和一丈蓝布——摸不清是作书包用的呢,还是叫我作一身裤褂。

不管姑母和别人怎样重视定大爷的光临,我总觉得金四把叔叔来贺喜更有意义。

在北京,或者还有别处,受满族统治者压迫最深的是回民。以金四叔叔的身体来说,据我看,他应当起码作个武状元。他真有功夫:近距离摔跤,中距离拳打,远距离脚踢,真的,十个八个壮小伙子甭想靠近他的身子。他又多么体面,多么干净,多么利落!他的黄净子脸上没有多余的肉,而处处发着光;每逢阴天,我就爱多看看他的脸。他干净,不要说他的衣服,就连他切肉的案子都刷洗得露出木头的花纹来。到我会去买东西的时候,我总喜欢到他那里买羊肉或烧饼,他那里是那么清爽,以至使我相信假若北京都属他管,就不至于无风三尺土了。他利落,无论干什么都轻巧干脆;是呀,只要遇上他,我必要求他"举高高"。他双手托住我的两腋,叫声"起",我便一步登天,升到半空中。体验过这种使我狂喜的活动以后,别人即使津贴我几个铁蚕豆,我也不同意"举高高"!

我就不能明白:为什么皇上们那么和回民过不去!是呀,在北京的回民们只能卖卖羊肉,烙烧饼,作小买卖,至多不过是开个小清真饭馆。我问过金四叔:"四叔,您干吗不去当武状元呢?"四叔的极黑极亮的眼珠转了几下,拍拍我的头,才说:"也许,也许有那么一天,我会当上武状元!秃子,你看,我现在不是吃着一份钱粮吗?"

这个回答,我不大明白。跟母亲仔细研究,也久久不能得到结论。母亲说:"是呀,咱们给他请安,他也还个安,不是跟咱一样吗?可为什么……"

我也跟福海二哥研究过,二哥也很佩服金四叔,并且说:"恐怕是因

---

① 文章一品:毛笔。君子之风:墨。三本小书:《三字经》《百家姓》《千字文》,均为儿童启蒙读物。

为隔着教①吧?可是,清真古教是古教啊,跟儒、释、道一样的好啊!"

那时候,我既不懂儒、释、道都是怎么一回事,也就不懂二哥的话意。看样子,二哥反正不反对跟金四叔交朋友。

在我满月的那天,已经快到下午五点钟了,大家已经把关于定大爷的历史与特点说得没有什么可补充的了,金四叔来到。大家并没有大吃一惊,像定大爷来到时那样。假若大家觉得定大爷是自天而降,对金四把的来到却感到理当如此,非常亲切。是的,他的口中除了有时候用几个回民特有名词,几乎跟我们的话完全一样。我们特有的名词,如牛录、甲喇、格格②……他不但全懂,而且运用的极为正确。一些我们已满、汉兼用的,如"牛录"也叫作"佐领",他却偏说满语。因此,大家对他的吃上一份钱粮,都不怎么觉得奇怪。我们当然不便当面提及此事,可是他倒有时候自动地说出来,觉得很可笑,而且也必爽朗地笑那么一阵。

他送了两吊钱,并祝我长命百岁。大家让座的让座,递茶的递茶。可是,他不肯喝我们的茶。他严守教规。这就使我们更尊敬他,都觉得:尽管他吃上一份钱粮,他可还是个真正的好回回。是的,当彼此不相往来的时候,不同的规矩与习惯使彼此互相歧视。及至彼此成为朋友,严守规矩反倒受到对方的称赞。我母亲甚至建议:"四叔,我把那个有把儿的茶杯给你留起来,专为你用,不许别人动,你大概就会喝我们的茶了吧?"四叔也回答得好:"不!赶明儿我自己拿个碗来,存在这儿!"

四叔的嗓子很好,会唱几句《三娘教子》③。虽然不能上胡琴,可是大家都替他可惜:"凭这条嗓子,要是请位名师教一教,准成个大名角儿!"可是,他拜不着名师。于是只好在走在城根儿的时候,痛痛快快

---

① 隔着教:又叫"截着教",俗称与"汉教"不同之"回教"。
② 格格:清代皇族女儿的称呼。如亲王女儿称"和硕格格",贝勒女儿称"多罗格格"。
③《三娘教子》:传统戏剧,演王春娥教子的故事。

地喊几句。

今天，为是热闹热闹，大家恳请他消遣一段儿。

"嗐！我就会那么几句！"金四叔笑着说。可是，还没等再让，他已经唱出"小东人"[①]来了。

那时候，我还不会听戏，更不会评论，无法说出金四把到底唱的怎样。可是，我至今还觉得怪得意的：我的满月吉日是受过回族朋友的庆祝的。

（选自《正红旗下（未完）》，1980年6月由人民文学出版社初版）

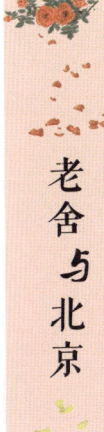

老舍与北京

---
① 小东人：《三娘教子》里一句唱词的头三个字，即小主人之意。

故乡风物

- 杂拌儿
- 兔儿爷
- 腊八粥、腊八蒜
- 老字号
  ……

杂拌儿

杂拌儿是老北京的一种甜食小吃,一般来说是由花生、胶枣、栗子、桃脯、蜜饯等果品掺在一起拌和而成的。这种小吃因为色彩鲜艳、味道甜美,特别受小孩子的喜爱,尤其是过年的时候,几乎家家户户的小孩人手一份。

兔儿爷

兔儿爷是北京的非物质文化遗产之一,也是老北京过中秋时的儿童玩具。它是根据嫦娥玉兔的传说,用泥巴塑造各种形式的兔儿的形象。兔儿爷起源于明代,据记载"中秋节多以泥抟兔形,衣冠踞坐如人状,儿女祀而拜之",到了清代兔儿爷变成了儿童玩具,形制也变得多样,有戴头盔的,有披战袍的,也有背插小旗的,或坐或立,不一而足。

腊八粥、腊八蒜

在北京乃至北方农历腊月初八的腊八节是个重要的节日,这一天有喝腊八粥、泡腊八蒜的习俗。腊八粥,是用黄米、白米、江米、小米、菱角米、栗子、红豇豆、去皮枣泥等开水煮熟,外加桃仁、杏仁、瓜子、花生、松子及白糖、红糖等一起熬制的粥。腊八蒜是将剥了皮的蒜瓣儿放到一个可以密封的罐子瓶子中,倒入醋,封上口放到一个阴冷的地方。慢慢地,泡在醋中的蒜就会变绿,最后会变得通体碧绿,如同翡翠碧玉。

老字号

字号在过去指的是商铺的名字,老字号是说这家商铺的历史很悠久了。北京有很多老字号,比如全聚德的烤鸭、内联升的布鞋、瑞蚨祥的绸布、同仁堂的中药、六必居的酱菜、吴裕泰的茶叶、都一处的烧卖、天福号的酱肘子、东来顺的涮羊肉等,大多有上百年的历史了。

灶王

  以前北京乃至北方的人家在锅台边的墙上都会供奉灶王爷的像，以求灶王爷"上天言好事，下界保平安"，而每年的腊月二十三是灶王爷上天汇报工作的时候，家家户户都会供奉灶糖，以此来粘住灶王爷的嘴，让他多说好话。灶王糖又叫关东糖，是用麦芽、小米熬制而成的糖制品，多为乳白色，有黏性。

图书在版编目（CIP）数据

老舍与北京 / 老舍著 . -- 北京：朝华出版社，2018.1（2020.8 重印）

（读给孩子的故乡与童年 / 李怡主编）

ISBN 978-7-5054-4158-3

Ⅰ . ①老… Ⅱ . ①老… Ⅲ . ①小说集－中国－现代②散文集－中国－现代 Ⅳ . ① I216.2

中国版本图书馆 CIP 数据核字（2017）第 288079 号

老舍与北京

作　　者	老舍	导读撰文	丁晓妮
主　　编	李怡	乡音朗读	老牛
插　　图	三央	童声朗读	徐凌宇

责任编辑　秦霁政
美术编辑　孙艳艳
责任印制　张文东　陆竞赢

出版发行　朝华出版社
社　　址　北京市西城区百万庄大街 24 号　　邮政编码　100037
订购电话　（010）68996050　68413840
传　　真　（010）88415258（发行部）
联系版权　zhbq@cipg.org.cn
网　　址　http://zhcb.cipg.org.cn
印　　刷　保定市正大印刷有限公司
经　　销　全国新华书店
开　　本　710mm×1000mm　1/16　　字　　数　160 千字
印　　张　12
版　　次　2018 年 1 月第 1 版　2020 年 8 月第 2 次印刷
装　　别　平
书　　号　ISBN 978-7-5054-4158-3
定　　价　34.00 元

版权所有　翻印必究・印装有误　负责调换